京都伏見のあやかし甘味帖

石に寄せる恋心

柏てん

宝島社
文庫

宝島社

もくじ

CONTENTS

京都伏見の

京都伏見のあやかし甘味帖
石に寄せる恋心

プロローグ

由佳里は焦っていた。

バイトで残業を頼まれてしまい、帰宅時間が思いのほか遅くなってしまったせいだ。

母からは、もうバイトは辞めるようにと言われていた。受験生だというのに、今勉強に集中しないでいつするのかということらしい。

けれど由佳里の働くコンビニは万年人手不足で、辞めるといってもそう簡単にはいかないのだった。高校に入学してすぐに働き始めたので、高校生とはいえバイト先では由佳里も頼られる立場である。店長には何度も社員になるよう誘われていて、それを断る申し訳なさから、ついつい辞めたいと言い出せないのだ。

それにもうすぐ、教習所に通うための貯金がたまりそうなのである。大学生になったらすぐに免許を取って、関西圏の美味しいお菓子屋さんを巡りたいというのが由佳里の目標だった。実際、貯金を始めるまでほとんどのバイト代が、美味しいお菓子やおしゃれなカフェに消えていったのである。

大学では経済学を勉強して、お金を貯めて自分のカフェを出したいというのが由佳里の将来の目標だ。

　そしてそのためにはさっさとバイトを辞めるべきだと自分でも分かっているのだが、お人好しな性格からかどうしても踏ん切りがつけられないのであった。

　由佳里の住む家は、伏見郵便局近くの撞木町（しゅもくちょう）にある。辺りは閑静な住宅地で、昼間でも人通りの少ない道だ。

　若い女性ばかりを狙った通り魔のニュースがあったばかり。早く帰ってくるよう親には口を酸っぱくして言われていたし、由佳里自身遅くならないよう注意はしていた。けれど、後のシフトに入っていた人が来られなくなって、これでは夜のシフトを回せないと店長に泣きつかれたのだ。お人好しの由佳里は、通り魔も捕まったのだからと思いついつい残業を引き受けてしまった。

　八月。じっとりと湿度の高い京都の夏が体にまとわりついてくるようだ。熱帯夜に昼夜を忘れた蝉が、ジリジリと鳴いている。近くを琵琶湖疏水（びわこそすい）が流れているので、蚊も多く本当にうんざりしてしまう。

　その時、由佳里は誰かに呼ばれた気がして、ふと後ろを振り返った。

　だがそこには人気（ひとけ）のない道路が横たわるばかりだ。ゴミ捨て場の目印になっている撞木町と書かれた石柱を見間違えたのかもしれないと、再び歩き出す。

　だが――。

『……えさま』

やはり、声が聞こえた。か細い女の声だ。全部は聞き取れなかったが、どうやら様付けで誰かの名を呼んでいるらしい。

蒼くなって、由佳里は周囲を見回した。日常会話で、誰かに様を付けることなどまずない。どこかの家のテレビの音が漏れ聞こえたのかとも思ったが、それならＢＧＭが聞こえないのは妙である。

由佳里の背筋を、冷たい汗が滑り落ちる。

ふと、前方に人影のようなものが見えた。立ち尽くしているように見えるその影。足が止まり、体が硬直する。なぜならその影が、じっとこちらを見ているような気がしたからだ。

由佳里は目を凝らし、頼りない街灯の明かりでその正体を探ろうとした。

「……なんだ、工事の看板か」

ほっと安堵のため息が漏れる。人影だと思ったものは、工事現場でよく見る人の形を模した立て看板だった。

由佳里は安堵し、再び歩き出そうとした。

家はすぐそこだ。

『待てぇ！』

すると今度は、地獄の底から響いてくるようながなり声が由佳里を襲った。

もはや声の正体を確かめる余裕などあるはずもなく、彼女は家までの道を全速力で駆け抜けたのだった。

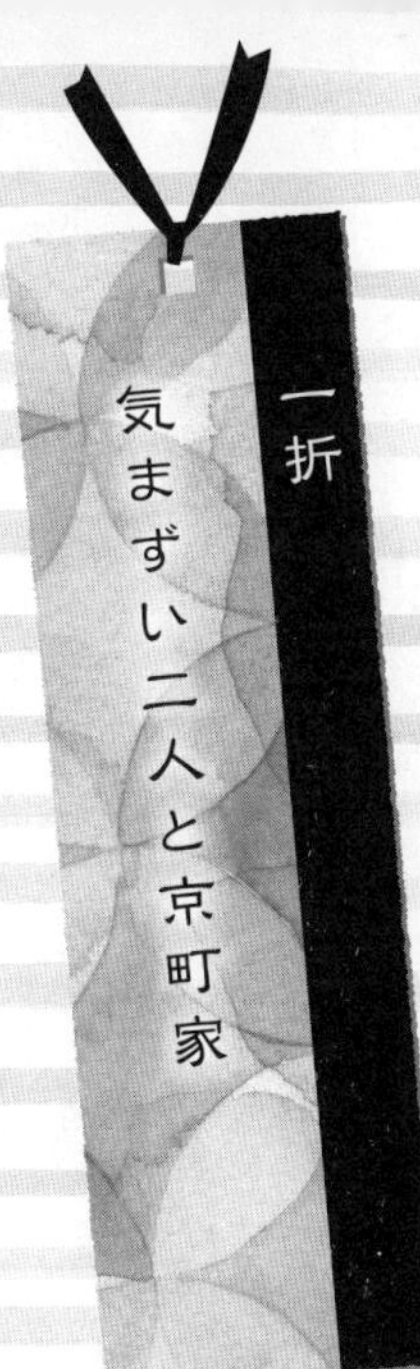

一折　気まずい二人と京町家

がさがさと、さほど広くない部屋に騒がしい音が響く。

『れ、れんげ様？』

空中に浮かびながら、困ったようにしっぽを垂らしているのは先ごろ帰ってきたばかりの子狐だ。

そして彼が困惑しているのには、理由があった。

それは主人である小薄れんげが、さして多くもない荷物をまとめているせいだった。

彼女はばたばたと、乱暴ともいえる手つきで荷物をスーツケースに詰め込んでいく。洋服を畳みもせずに入れるものだから、なかなかケースに収まらず四苦八苦していた。

『一体どうしたのですか？』

人間の機微が理解できない狐でも、さすがにこれは妙だぞと首を傾げる。

以前平泉へ遠出するために彼女が荷造りをしていた時には、こんなことはしていなかった。れんげは仕事柄旅慣れていたので、圧縮袋を使ってトランクの中に魔法のように荷物を詰め込んでいったのだ。間違っても、こんなふうに徒に時間を消費するような荷造りをする人間ではなかったはずだ。

まさしく一心不乱という言葉が相応しいれんげの顔を覗き込み、子狐はクンクンと鼻先を動かした。

『急にどうして荷造りなど……京に残るのではなかったのですか？』

クロの疑問はもっともだ。そもそも京都から生まれ故郷である東京に戻ったのは、ついこの間のこと。しかし姿をくらました子狐を放ってはおけず、れんげはこの京都の地に舞い戻ったのであった。

それからひと月様々な出来事を経て、れんげは京都に残ると決めていた。縁ができた伏見稲荷の神々との約束はもちろんのこと、同居人に――そう、残ってほしいと虎太郎に請われて。

『突然出て行ったら、虎太郎殿も悲しむのではありませんか？』

子狐がそう言うと、それまで絶え間なく動き回っていたれんげは手を止め、その場にへたり込み顔を覆ってしまった。

『れんげ様⁉』

これにはクロも驚いてしまって、心配そうに主の顔の周りを飛び回る。

いつもならそんな狐を鬱陶しいと一蹴するれんげだが、今日は調子が出ないのか顔を覆ったまま返事をしようともしない。

『な、何があったのですか？　我が何かしましたか⁉』

さすがに近頃は、己の行いがれんげに迷惑をかけたと気づいている狐である。これも成長と呼ぶべきか。

しかし人間の常識がまだ分かっていないので、具体的に何がいけないのかまでは分からないのだが。

そしてこの場合、れんげの不調は子狐のせいでは全くなかった。

「……わよ」

『え？』

ぼそぼそと、れんげが呟く。

しかし顔を両手で覆ったままなので、クロの優れた聴覚をもってしてもその言葉を聞き取ることはできなかった。

『なんて言ったのですか？　れんげ様』

ふさふさのしっぽを左右に振りつつ、クロはその黒い鼻先をれんげの顔と手の間に潜り込ませようとする。

湿った鼻の感触を振り払おうと、れんげは顔を左右に振る。

しかし、その程度で諦める狐ではない。くんかくんかとさらにしつこく迫られ、れんげはたまらず両手を顔から外した。

そして露わになった顔は、真っ赤に染まっている。

『れんげ様。お体の具合がよくないのでは？』

子狐がそう尋ねてしまったのも無理はない。上気した頬、荒い息、潤んだ目、そして不審な言動。

病気でないのなら、一体なんだというのか。
子狐の問いを、いっそ肯定してしまおうかという考えがれんげの脳裏をよぎる。
でなければ、このあまりにもらしくない状況をどう説明できるというのか。
体調が優れないから放っておいてくれ。そう言えたならどれほど楽だったことか。
けれど、不調を訴えて狐に心配させるのも、れんげの本意ではないのだった。
「なんでもないったら！」
今にも泣きそうな顔でそう叫ぶものだから、さすがの狐も口を閉じるほかなかった。
そして再び、れんげは両手で顔を覆う。
彼女は必死に、心の内で荒れ狂う嵐を押し込めようとしていた。
だって、誰が言えるだろう。病だとするならこれは――恋の病だなどと。

⛩⛩⛩

虎太郎に突然キスされた後、れんげの精神は完全に恐慌状態に陥った。
なにせ、恋愛から遠ざかってかなりの時間が経過している。春まで彼氏と同棲していたとはいえ、ここ何年かは家庭内別居状態だったわけで。それこそ恋愛らしい恋愛の記憶など、学生時代の頃まで遡らなければならない有様だ。

それに加えて、れんげと虎太郎は八歳も年が離れている。れんげが中学生の時、虎太郎はまだ幼稚園にいたのだ。そう考えると、虎太郎を恋愛対象として見ることは犯罪のようにすら思えて、悩ましいどころの騒ぎではない。

そもそも、この半年近い奇妙な共同生活の中で、恋愛対象として虎太郎を見ることを、無意識に避けてきた気がする。

どんなに優しくされようとも、それは虎太郎が優しい性格だから。長居を許してくれているのも、少ないとはいえ家賃を支払っているから。蹴上に誘ってくれたのも、調べものを手伝ってくれたのも、抱きしめられたことすらも、何もかも全て、恋愛とは結び付けないよう注意を払っていた。虎太郎のことは、年の離れた弟がいたらこんな風だろうかと、微笑ましく思っていたのだ。

れんげにとって、虎太郎との歳の差はそれほどまでに大きなものだった。

もちろん、世の中の年の差カップルを批難するつもりは毛頭ない。年齢差を乗り越え、想いが通じ合うのは素晴らしいことだと思う。

けれど、自分がそれをできるかと問われれば、どうしても素直に頷くことができないのだ。まして、自分の方が八つも年上の恋愛など、想像したこともなかった。それはれんげ自身の好みがどうこう以前に、三十路近い自分が大学生になどどうせ相手にされないという思いが強かったせいだ。

京都に来たばかりの頃、れんげはボロボロだった。自尊心を根こそぎ削り取られ、この世の誰にも必要とされていないような無力感に苛(さいな)まれていた。

そんなれんげを満たしたのが、騒がしい子狐であり、京都特有のゆったりとした空気であり、そして虎太郎の不器用な優しさだった。

もちろんその中には美味しいお酒と和菓子という新たな出会いも含まれるのだが、それはとりあえず横に置いておくとして。

この半年にも満たない期間の間に、自分でも大いに変わったなという自覚がある。以前に比べて寛容になったし、物の感じ方も変わったような気がする。

そうなる手助けをしてくれた虎太郎には、どれだけ感謝してもしきれない。面と向かって言うのは気恥ずかしいけれど、いつも心の片隅に感謝の気持ちを抱いている。

でもだからこそ、れんげは混乱していた。

そんな優しい虎太郎のことを、意図せず自分が間違った方向に導いてしまったのではないかと。

滞在が長引いたせいで、虎太郎と過ごす時間も自然に長くなっていった。

自分に彼を誑(たぶら)かすような魅力があるとは思えないけれど、虎太郎はまだ若い。身近な女性がれんげしかいなければ、親愛の情を好きだと勘違いしてしまうこともあるかもしれない。

だから——本気にしてはいけない。

れんげは必死に、自分にそう言い聞かせていた。

本気にすれば、どちらも不幸になる。そんな気がしてならなかった。

なにより、恐ろしかった。いつか虎太郎もまた、理(おさむ)のように変わってしまうのではないかと。

十年来の婚約者との手ひどい別れを経験して、彼女は恋愛に対してすっかり臆病になってしまっていた。れんげ自身は気づいておらずとも。

だからこそ、れんげはまとまらない頭で、必死に荷造りをしていたのだ。

こうなった以上、もう一緒に暮らしてはいられない。

一刻も早く、虎太郎が退院する前にこの家を出なくてはと、れんげはすっかり増えた荷物をトランクの中に押し込んだ。

⛩ ⛩ ⛩

さて、虎太郎の家を出ると決めたものの、肝心の行く宛がない。

行き場がないのなら東京へ帰ればいいようなものだが、れんげはなぜかそうする気にはなれなかった。

自分の人生を変えてくれた京都という地に、れんげは何か恩返しがしたかった。それに、東京で再就職してあくせく働くのも、何か違うような気がしていた。

何より、正社員になるときっとクロのことを今ほどかまってやれなくなる。もう離れないと決めたのに、見知らぬ東京の地で碌にかまってやれないのでは可哀相だ。

東京にいる両親と離れて暮らすのは心配だが、幸い時代は令和。実家に帰ろうと思えば数時間で帰ることができ、リニアが開通すればその移動時間もさらに縮む見込みだ。

海外ならまだしも国内にいて家族を恋しいとは思わないし、そもそも実家を出て十年以上たっているので今更娘に帰ってこられても向こうが困るだけだろう。

一人暮らしをするなら、東京だろうが京都だろうがそう変わらない。

ならばやることは決まっている。京都での仕事と住む場所の確保。それに尽きる。

手始めに、れんげは京都で暮らすための物件を探すことにした。虎太郎は頼れないので、まずはスマホを使い情報収集をする。

そしていくつかの物件を見繕い、思い立ったが吉日とばかりにその物件を仲介してくれる不動産屋へと向かう。

現状無職なのでやはり家賃が安いことが第一条件だ。とはいえせっかく京都に住むのだから、町家に住むのもいいなあと珍しく空想などしてみたりする。

プライバシーなどほとんどないような町家での生活を、れんげは思いのほか気に入っていた。生まれた時からずっとマンション暮らしなので、広い戸建てに住んでみたいという気持ちも少なからずあった。

だが、そう簡単に思い通りになどいくはずがない。

近年世界各国から観光客が押し寄せる京都は、観光客を迎える商業施設や宿泊施設の需要で、地価が上昇しているらしかった。

もちろんそれは洛中に限った話で、その碁盤の目の外にさえ出てしまえばそれほど高額というわけではないのだが。

ただれんげは免許を持っていないので、交通手段は電車やバスが基本である。今更免許を取得したり車を買ったりするのは億劫なので、できるだけ駅に近くスーパーなどの生活環境が整っている場所が好ましい。

不動産屋で対応に出てきたのは、黒髪ロングで黒ぶちの眼鏡をかけた、いかにも京美人といった風情の女性だった。首から下げられたストラップには、『村田』と書かれた名刺と店のキャラクターなのか鎧を着けた二頭身のぬいぐるみがぶら下がっている。

「一人暮らし用の物件をお探しとのことですが……」

そう言って、村田女史はコピー機から吐き出された紙の束をれんげの前に置く。

京都は市の条例で建物の高さに制限があるので、ラインナップされた物件も低層アパートやマンションのものがほとんどである。

一つずつじっくりそれらに目を通していると、ふとある箇所が気になりれんげはそこを指さした。

「これ、このしきひきってなんですか？」

見覚えのある敷金礼金とは別に、敷引という項目がある。そこに金額が書き込まれている物件はほとんどないが、東京生まれのれんげが疑問に思うのも無理はなかった。

「ああ、それは『敷引』ですね。お客様は東のご出身ですか？　関西だと、敷引といって敷金の中であらかじめ返ってこない金額が決まってるんですよ。といっても最近は減ってますし、京都には元々ほとんどないのですが」

敷金というのは、家賃の滞納分や退去時の原状回復費用を補填するために入居時に払っておく保証金のようなものである。なので退去後物件に問題がなければ借主に戻ってくるのだが、敷引が定められている場合、支払った金額から敷引が差し引かれた金額が返ってくることになる。

そんな地域差があるのかと、れんげは食い入るように目の前の紙を見つめた。他にも、もともと町家のあった土地に建てたためか細長い間取りが多かったりと、同じ日本でも違うものだなあと思いながら物件を品定めしていく。

家賃についても、下京区や中京区であれば東京と遜色ないほどの相場だが、京都駅の南側となると一気に家賃が下がる。面白いのは、交通の便に関係なく御所の近くの家賃が高いところだろうか。その辺りは昔ながらの住人が住んでいるので、なかなか空きが出ないことも理由の一つだろう。あとは名門と呼ばれる小学校の学区であるため、子育て世代に需要が高いのである。

「ペットを飼うご予定はございますか？」

その質問に、れんげはちらりと子狐に目をやった。

既に面倒な子狐が一匹いるので、これ以上同居の小動物を増やすつもりもない。この子狐を連れていくとしても、さすがにペット可物件にする必要はないだろうと首を振って否定する。

そして肝心のクロはといえば、店の奥にある神棚を物珍しそうに覗き込んでいた。よく見ると、そこに祀られているお札には『伏見稲荷大社商賣繁昌御守護』と書かれている。稲荷は商売繁盛の神なので珍しくもないが、なんとなく因縁めいたものを感じてしまう。

なんだか顔見知りの神使達に見られているような気がして、れんげは亀のように首をすくめた。

「とりあえず、いくつか見るだけ見てみますか？」

村田の軽快なセールストークに押され、その日のうちに内覧をお願いすることになった。思い切った決断ではあったが、予想よりもスムーズに進みそうで一安心だ。あとは、どのタイミングで虎太郎にこの話をするのか。それを考え出すと、途端に動揺して思考がまとまらなくなってしまうのだが。

「あ、ついでに、町家があればそれも見せてもらえますか？」

いい物件があればと思いそう言うと、先ほどまで笑顔で接客していた村田の顔が途端に曇る。

「そうですね。事業用でしたらいくつかございますが、民泊でのご利用をお考えですか？　それですと専門の不動産業者でお探しになった方がいいかもしれません」

彼女の説明によると、民泊は大家の同意が必要なほか、市の条例をクリアしなくてはならないため普通の不動産物件とは色々と異なるらしい。

虎太郎とれんげは知らなかったが、こうした決まりができたのはれんげが長期逗留（とうりゅう）を決め虎太郎がサイトで自宅の物件掲載を取りやめた頃だった。

虎太郎の家の持ち主は親類の谷崎（たにざき）なので許可自体は問題ないのだが、条例の施行によって多数の物件がサイトから削除されたので、虎太郎が民泊を続けるのはどのみち難しかったかもしれない。

「ああ、居住目的で民泊運営をするつもりはないのでその辺りは問題ありません」

れんげはそう言いながらも、事業利用が可能なら何かお店をやるのも悪くはないなという気がした。接客経験はないが、京都は外国人観光客の多い土地だ。自分の語学力があれば接客はもちろんのこと、海外のサイトに直接広告を出すなどの営業活動も可能だろう。

さらにそうした外国人観光客をもてなすのに、町家という歴史を感じさせる舞台装置は大変魅力的だ。

ただ問題は、自分に果たして日本人らしいきめ細やかなサービスができるのかという点であった。

谷崎のような酒にこだわったバーを開くのは大変魅力的ではあるが、自分はただ酒が好きなだけで特別知識があるわけではないし、何より接客には向かない己の性格をれんげは嫌というほどわかっていた。

営業をしていたのだから仕事にすれば接客くらいはできるかもしれないが——とてもじゃないが谷崎のような居心地のいい店にはできそうもない。

「とにかく、内覧可能な物件を見てみましょう!」

如才ない村田女史が運転する車に乗り込み、最初に向かったのはなんてことはない駅近の単身者用マンションだった。れんげにとって魅力的なのは飲み屋の多い中書島近辺だが、女性の一人暮らしでさすがにそれはと村田に止められた。

確かに、中書島の北側はスナックなどが乱立する昔ながらの歓楽街である。いくら酒好きであろうと、女が一人で暮らすには少し厳しいかもしれない。

そういうわけで、おすすめされたのは伏見桃山駅の西側だ。伏見桃山は快速や急行こそ停まらないものの、駅の西側には大きな商店街や小さなショッピングモールがあり生活面での利便性は高い。常に人気があるので治安もそれなりによく、さらには飲み屋も多いのでれんげには理想的であった。

しかし内覧してみると、立地はいいものの募集が出ている部屋はれんげの予想よりも狭かったりと、なかなかこれというものがない。

一人ならワンルームでもよさそうなものだが、マンションのワンルームではどうしても閉塞感を感じてしまう。

「気になる物件はありましたか?」

村田の質問に、れんげは黙り込んだ。

探す前はどこでもいいから急いで虎太郎の家を出なければと思っていたが、いざ物件を見てみるとどこも違うような気がしてなかなか心が定まらないのだ。

希望の物件と言われて、れんげの脳裏に浮かぶのはあの狭くて古い虎太郎の家である。春先は寒かったし今はクーラーをかけていても蒸し暑いけれど、それでも半年近く暮らしたあの家が愛しく思えるのだ。

新しい住処を探すことでむしろその愛着が浮き彫りになった気がして、れんげは戸惑っていた。

今までに、住む場所に対してこれほど執着したことなどなかった気がする。

実家を出る時はさすがに心細かったような気もするが、それも新しい生活に忙殺されてすぐに忘れてしまった。

自分はそういった己の居場所に対する感傷を、感じない人間なのだとすら思っていた。

理に浮気をされて家を飛び出した時にも、荷物の心配こそしたがマンションを出ることに対する寂しさはなかった。

もっともあの時は、色々なことがあって頭に血が上っていて、そんな感傷に浸る余裕がなかったというのもあるが。

都会らしく近所付き合いは全くなかったし、これまでも何度かの引っ越しを経験してきたが、ごみの分別方法が変わるな、ぐらいの感想しか抱けなかった。

そもそも仕事に打ち込んでいた時には、家など眠りに帰るだけの場所だったような気がする。海外出張が多かったので、家を空けている時間も多かった。

それでどうして婚約者の心を引き留められていると思ったのだろう。今になってみれば、東京での出来事はなるべくしてなったという気すらしてしまう。

気が乗らないれんげの様子を察したのか、村田はどこかに電話をかけ、瞬く間に新たな物件の内覧許可を取り付けてしまった。電話の途中で今まで鳴りを潜めていた京都弁が飛び出したので、れんげは大いに驚いたりした。

車に戻り、場所を移動することになった。どうやら次の物件は、このエリアではないらしい。

先に車に乗り込んだ村田はれんげに少し待つよう言い、エンジンをかけ窓を全開にした。蒸し風呂状態になっていた車内から熱風が吹き出してくる。

少しは京都に慣れた気でいたが、京都の夏の暑さと湿度の高さには毎日のように驚かされる。

すると、それまで大人しくしていたクロが突然口を開いた。

『さっきからこの者はなんなのですか？　まさかれんげ様、虎太郎殿を捨てるおつもりですか？』

「ぶはっ！」

熱中症にならないようにと村田に渡されたミネラルウォーターを口にしていたれんげは、突然の爆弾発言に思わず水を吹き出した。服が汚れ、そのまま激しく咳き込んでしまい反論もできない。

「だ、大丈夫ですか？」

顧客の突然の異変に、慌てた村田が車から飛び出してきた。れんげは必死に手を上げて彼女を押しとどめると、持っていたバッグからハンカチを出して服を拭う。幸い、日差しが強いので外を歩けばすぐに乾くだろう。

だが、手にしたハンカチを見てれんげはしばし固まる。それが入院前に虎太郎が洗濯してアイロンをかけたものであると気づいたのだ。

そんなことはしなくていいと言っているのに、気づくといつの間にか虎太郎に世話を焼かれている。

今は仕事もしていないのに、これではどんどん自分を甘やかしてしまう一方だ。胸が痛む。

同時に、やはり虎太郎から卒業せねばならないと思いを新たにした。

「ホントに大丈夫ですか？　体調が優れないようなら、内覧は後日にして……」

「行きます！」

れんげは勢いよく村田の言葉を遮ると、後部座席に乗り込みドアを閉めた。

『え？　れんげ様』

目前で扉を閉められた子狐が、慌てたように車の周りを飛び回る。本当なら壁を通り抜けることもできるはずだが、慌ててド忘れしているらしい。

「出してください」

「え？」

「早く出してください！」

突然高圧的になった客の態度に驚きつつ、村田は慌ててギアを入れた。ロゴの入った営業車がゆっくりと動き出す。

彼女は知る由もない。自分の運転する車を黒い狐が追いかけていることなど。

そんなこんなのひと悶着があり、車に乗っていただけにもかかわらず目的の物件についた頃にはすっかりくたびれていた。

逆に車を追いかけていた狐の方が、お散歩ハイで元気になっていたほどである。

『追いかけっこはおしまいですか？』

無邪気に問いかけてくる子狐に、気疲れがより一層のしかかってくる思いである。

「こちらですね」

そんな中でれんげが案内されたのは、住宅地にひっそりとたたずむうらぶれた風情の町家だった。

その町家の敷地に乗り上げるようにして、随分と古い型のセダンが停車している。

村田が近づくと、車からは七十がらみの男が降りてきた。身長はれんげと同じぐらいだが、猫背なのでさらに小さく老いて見える。

「あれ……笹山（ささやま）さん」

「この物件の大家さんです。笹山さん、こちら内覧のお客様です。すいません。わざわざ鍵を持ってきていただいて」

「どなたですか？」

如才のない村田とは違い、笹山はどこか不穏な感じのする老人だった、こちらとは頑なに目を合わせようとせず、挨拶を交わしたもののぼそぼそと呟くような感じで要領を得ない。

笹山は返事もそこそこに、ガチャガチャと木戸につけられた鍵を開け始めた。しかし建て付けが悪いのか、なかなか戸が開かず苦戦している。

その時間が長引くほど、れんげのこの物件を借りたいという思いはどんどん萎んでいった。加えてさっきのクロとのやり取りで気疲れを感じていたので、今は早く帰って休みたいとすら思えるほどだ。

そう感じさせるのには、目的の町家の外見にも問題がある。見た目は手入れが行き届いているとは言いがたく、洛中でよく見るようなリフォームされた町家とは大きく違っていた。京町家のトレードマークとも言える弁柄塗りはすっかり剥げ落ち、目の細かい縦の格子が並ぶ虫籠窓も、ところどころ格子がかけて歯抜け状態になっている。唯一見事と言えるのは瓦にのった鍾馗ぐらいだろうか。だが全体の惨状を見るに、あの瓦屋根も雨漏りするような気がして仕方ない。

れんげの鼻白んだ空気を感じ取ったのか、村田が慌ててセールストークを開始した。

「そ、そういえば小薄様。洛中の町家のほとんどが明治から昭和にかけて建てられたことはご存知ですか？」

「え、そうなんですか」

村田の説明を、れんげは意外に感じた。なんとなく、町家の多くは江戸時代やそれ以前の建物だと思っていたからだ。

れんげが乗ってきたからか、村田のセールストークはさらに加速する。

「そうなんですよ。というのも、幕末に起こった禁門(きんもん)の変で長州藩邸(ちょうしゅうはんてい)から出た火事が京都中に飛び火しまして、北は御所周辺から南は京都駅辺りまで、東は鴨川(かもがわ)から二条城(にじょうじょう)手前の堀川通まで、みんな焼け野原になっちゃったんですよ」

いくられんげに土地勘がないとはいっても、村田の言う範囲が現在洛中と呼ばれている部分のほとんどすべてを網羅する広大な範囲だということぐらいは分かる。当時政治の中心は東の江戸城にあったとはいえ、まだ天皇が京都にいた時代の話だ。今まで見てきた京都の街が大火事になっているところを想像して、れんげは唖然とした。

だが、それはそれとしてこの話が目の前の物件とどうつながるのか、いまいち想像がつかない。

「そ、それは大変な火事ですね」

「ええ。これによって京都の街はすっかり荒廃してしまいまして、明治天皇が東京へ行幸されるの要因の一つになったとも言われています」

「はあ」

「大事なのはここからで、私が何を言いたいのかというと、洛中にはほとんど残っていない江戸時代築の町家が、市街地にはまだ残っているということなんですね。例えばこちらの物件も、江戸時代中期の建築だそうです。今日は中を見られるのがとても楽しみなんですよ」

（いや、あなたに楽しまれても）

れんげはつっこみを入れたくなるのを必死でこらえた。そもそもつっこみを入れたくなること自体、最近関西ローカルの番組ばかり見ている影響かもしれない。

それにしても、見た目の印象からおしとやかな京美人かと思っていたが、村田はどうやら随分とあくの強い人物のようだ。歴女というやつだろうか。

背中に感じていた疲労が、ずっしりとその重みを増した気がした。

「歴史がお好きなんですね」

顧客を置き去りに盛り上がっている村田にれんげがほんの少しだけ呆れを込めてそう言うと、彼女は今までの営業スマイルから一転して輝くような笑みを見せた。

「ええ。大学時代は歴史研究会に所属していまして、京都の物件を扱うのが楽しくて仕方ないんです！」

なるほど、これは本物だ——なんの本物かは分からないが。

そこまで話したところで、ようやく笹山老人が悪戦苦闘していた鍵が開いたようである。意気揚々と進む村田の後について町家の中に入ると、カビと埃がまじりあった締め切った空間特有のにおいがした。

れんげは先ほどバッグにしまったハンカチを取り出し、埃を吸い込まないよう鼻と口を覆う。

町家の中は、見た目以上に酷い有様だった。家具はほとんどなく、畳は腐り土壁には亀裂が入り、中の藁や竹で編んだ基礎が見えてしまっている。

町家と言われて多くの人が思い浮かべるのが、通り庭があるタイプである。

まずは玄関からまっすぐに通り庭と呼ばれる土間が奥の庭まで一直線に伸びており、それに寄り添うように部屋が数珠なりになっている。

道路に面したミセノマから順番に、それぞれの部屋はゲンカン、カミダイドコ、ダイドコ、オクノマと続く。

といっても、ここまで部屋数があるのは商家ぐらいで、民家は多くて三間が精々というところであったが。

この町屋も、どうやらそんな通り庭型町家の一つのようだ。玄関口からまっすぐにけている。

伸びる土間は炊事場にもなっていて、向かって左側に崩れかけの竈がぽっかり口を開けている。

通り庭の一部に台所がついている場合、そこはハシリとも呼ばれ、その上は吹き抜けになっている。この吹き抜けを火袋と呼び、炊事の際に発生する熱気を逃がす効果がある。同時に天井には天窓が開いていて、暗い家の中に光を落としていた。

「わあ立派なおくどさん」

村田が無邪気な歓声を上げる。どうやら完全に観光気分に切り替わってしまったらしい。明らかに内覧に同行する営業とは思えないはしゃぎっぷりだ。

「おくどさん？」

「ああ、京都では炊事場のことをおくどさんって呼ぶんです。ちなみにこの上の棚が荒神棚と言って、三宝荒神をお祀りする場所なんです。本来三宝荒神は仏、法、僧の三つの宝を守る仏教の神様なんですが、それをおくどさんでお祀りするようになったのは日本独自の風習ですね。見てください。荒神棚に七福神で有名な布袋さんの人形が並んでますよね？　真言三宝宗によると布袋さんは三宝荒神の眷属なので、ああして人形を荒神棚に飾るんです。小さい人形から初めて、毎年少しずつ大きな布袋の人形を買い足していくんです。それで、無事七つ集まったらその家は繁栄すると言われているんですよ」

歴史好きという主張に偽りはなかったようで、村田はまるで台本を読むかのようにすらすらと解説し始めた。

なるほどと思いながら彼女の指す棚を見ると、確かにふくよかな布袋の人形が横一列に並んでいる。まるでマトリョーシカのように右に行くにつれて大きくなっていくのが、なんともユーモラスに感じられる。

それにしても、七つ集めると願いが叶うだなんて子供の頃に見た有名アニメのストーリーみたいだ。

だが、村田の言葉に反して人形は六つしかない。

「六個で終わってるみたいだけど」

「本当ですね。もったいない」

その後も、村田の華麗なる町家解説は続いた。

「あの天窓には縄がついていて、本来それで開け閉めするんですよ」

だとか、炊事場横の柱に貼られた煤だらけで判別の難しいお札にも、

「あれは愛宕神社のお札ですね。『火廼要慎』と書いてありますから」

などなど。

しかしそれとは引き換えに、笹山老人はむっつりと黙り込み陰鬱そうな顔で二人のことを凝視しているのだった。時折何かに怯えるように家のあちこちに視線をやるの

が、いかにも不自然で怪しい。

れんげはこの建物自体にそれほど忌避感はないものの、正直なところ、この老人の店子になるのは嫌だなという気がしていた。

建物はリフォームすればどうとでもなるが、人付き合いはそうはいかない。

そもそも人付き合いが下手という自覚があるので、ビジネスライクに徹することのできない相手とは契約を交わしたくないのである。

『あの者、なにやら嫌な感じがします』

子狐も同じ感想を抱いたようで、警戒心も露わに毛を逆立てているため、輪郭が一回りほど大きくなっている。

はなはだ頼りない狐ではあるが、絶対的な自分の味方が一匹でもそばにいると思うと不思議と心強く感じられた。

一階の奥行きはそれほどなく、連なる部屋の数は三間。それぞれ手前から四畳、三畳、六畳の間取りである。

ただ、畳の大きさが関西のそれなので、それなりに広く感じられる。

ちなみに関東間の一畳は五尺八寸×二尺九寸（約1、757㎜×879㎜）。一方で関西間の一畳は六尺三寸×三尺一寸五分（約1、909㎜×954㎜）だ。それだけで広さの差が知れようというものである。

オクノマのさらに奥にはささやかな庭と呼べるスペースがあったが、こちらも家同様まったく手入れをしていないのか隙間なく笹が生い茂り、地面が見えない有様だった。

れんげはこの物件を借りるつもりがなかったので、写真を撮ることもなくただ物珍しさで内覧を続けていた。

不動産屋側から見れば嫌な客だろうが、肝心の村田はれんげを余所にはしゃぎ回っている。おしとやかな京美人の仮面はすっかり剥がれ落ち、まるで研究者のようにあちこちの長さを測ったり、歴史的な価値のある遺物がないかと目を光らせていた。

ついこの間祇園祭の京都を駆けずり回ったれんげからすれば、手入れされた洛中の町会所とこの打ち捨てられた町家の差はやはり顕著だった。

人が住まないと家は急速に荒れると言うが、一体どれだけの期間人の手が入っていないのか、一目見ただけでは想像つかないほどだ。

だが所々に、遊び心のある意匠が施されており、不思議と心が引き寄せられるような気がした。

例えば、欄間に施された雲のかかる月の透かし彫り。シンプルだが、それがれんげの好みに合った。

「ここが、上にあがる階段ですね。笹山さん、のぼっても大丈夫ですか？」

一応尋ねはするものの、答えが否でも絶対にのぼるという気概が村田からはありありと感じられた。

一方で、前のめり過ぎる村田の態度に笹山の方が及び腰になっている。

「あ、ああ……」

家主の許可が出ると、彼女はスーツが汚れるのもお構いなしで、いよいよ台所の手前にある上がり框に足をかけた。ローヒールとはいえ踵の細い靴でのぼったら床に穴が開くんじゃないかという気がしたが、既に穴だらけなのでそう気にする必要もないだろう。むしろ、ささくれた畳の上にストッキングで乗れと言う方が酷だ。

上がり框から板張りの廊下へと進む村田の背を眺めながら後を追うべきか考えていると、隣にいた笹山老人がなぜかぶるぶると震え始めた。

「笹山さん？」

気分でも悪いのかと声をかけると、笹山は尋常ならざる顔でれんげを見た。その顔にあるのは明らかな恐れであった。

この男は何かを隠している——れんげは直感的にそう感じ、咄嗟に男の手首を掴んでいた。なぜそうしたのかは分からない。だが、気づくと勝手に手が動いていたのだ。

「ひっ」

笹山が引きつった声をあげた。

老人はまるで化け物に出くわしたような悲鳴をあげ、れんげの手を振り払おうとする。一体何が老人をそこまで追い詰めているのかと、れんげは不思議に思った。

その時。

「きゃっ！」

背後で村田の悲鳴があがる。

何事かとれんげが振り向いたのと、笹山がれんげの手を強引に振り払ったのはほぼ同時だった。

一瞬、逃げられる！と思ったれんげだったが、笹山には残念ながらそんな体力は残されていなかった。

「ひぃ、ひぃぃぃぃ！」

彼は腰が抜けたのか埃で汚れた土間に尻もちをつくと、それでも必死でそこから逃げようとしていた。

一方で、村田の方はといえば。

「すいません。足が抜けなくなってしまったので、ちょっと手伝っていただけますか……？」

床板が抜け、そこに足が見事にはまってしまったらしい。動けなくなった村田が、恥ずかしそうに助けを求めていた。

腰が抜けた老人と、足がはまり込んだ歴女。

どうしてこんなことになったのかと、れんげは頭を抱えてため息をついた。

⛩ ⛩ ⛩

正直なところ、お騒がせなのは神様関係だけで十分だと思う。

ここのところれんげは、義経（よしつね）を見送るために岩手（いわて）に行ったり、子狐を取り戻すために祇園祭の中を駆けずり回ったりと、色々なことが立て続けに起きたことで少し疲れ気味だ。

そこにきて、今度は町家に関わるごたごたに巻き込まれかけている。

れんげは、青ざめた顔で整形外科の待合室に座る老人を見下ろした。その隣には、破れたストッキングを脱いで擦り傷を消毒してもらった村田が項垂れている。

「申し訳ありません。お客様に付き添っていただくなんて……」

あれからタクシーを呼んで、二人を乗せて最寄りの整形外科に運んだ。笹山老人のぎっくり腰はもちろんのこと、清潔とは言いがたい場所で足を擦り傷だらけにした村田もまた放っておくことができなかったからだ。

村田はお客様にそんなことをして頂くわけにはいかないと固辞していたのだが、勤め先に応援を頼んだところ他の社員は全員出払っていたらしい。

まさかそんな二人を病院に置き去りにすることもできず、れんげはこうして無傷でありながら整形外科の壁にもたれかかっているのだった。

ちなみにどうして座らずにいるのかというと、平日の整形外科は節々を痛めた老人で満員御礼だったからだ。

「いや、案内してもらったのはこっちの方だから……」

途中かなり脱線していたような気もするが、そもそもはれんげの新居を探すために例の町家へと向かったのである。そこで二人もの人間が負傷したというのに、さすがに知らん顔して帰るほどれんげは薄情者ではないつもりである。

「それに――」

低い声でそう言うと、タクシーの中でも治療の間もずっと黙り込んでいた笹山が、びくりと肩を揺らした。

れんげが彼に対する疑惑を深めたのは、彼のかかりつけ医でもあった整形外科医の一言だった。

『笹山さん。あんたも意固地にならんと、あの家のことは専門の業者さんにお願いするのがええんとちゃいますか?』

笹山の事情を知っているらしい医者が、そう言ったのである。

さすがにその場で言及こそしなかったものの、れんげは笹山への疑いを確かなものにしたのだった。

するとと笹山はまずいと思ったのか、まるでやくざに脅される小市民のような顔で、れんげのことを見上げたのだった。

その後再びタクシーを呼んで、とりあえず三人で笹山老人の家に向かうことになった。彼は財布を持っていなかったので、整形外科の治療費もれんげが立て替えたためである。

笹山の家は、整形外科から少し行ったところにある豪邸だった。どうやら彼は、地元でも有名な資産家らしい。

だが、広大な家は無人でしんと静まり返っていた。驚いたことに彼はここで一人暮らしをしているらしい。家の掃除などは通いのお手伝いさんに任せているのだそうだ。

仕方なく、れんげと村田が両側から笹山を支えて家に入る。

病院でもらった痛み止めが効いたのか、家に着くと笹山の容態も落ち着いてきた。場所を聞いて布団を敷き、とりあえず彼に横になってもらってそれから事情を聴くことになった。

れんげとしては話を聴かずこのまま帰った方がいいのではという気がしたのだが、タクシーの中で気持ちを整理していたらしい笹山に村田共々呼び止められたのだ。

ちなみに子狐はといえばすっかり飽きてしまったのか、今はれんげの首に巻き付いてマフラーのようになり昼寝をしていた。

体温がないからいいようなものの、夏場に本物の狐にこんなことをされたら暑くて仕方なかったに違いない。

「あんたらにはとても世話になった。わしはあんたたちにあんなひどいことをしてしもうたのに……本当にすまんかった」

そう言って、笹山は布団の中からかわいそうなほど懸命に謝罪の言葉を繰り返した。自分の親よりも年上の相手にそんなことをされると、なんだかこちらの方が申し訳ない気持ちになってくる。

「あの、ひどいことだなんてそんな、内覧をお願いしたのはこちらですし……」

戸惑った様子で、足のあちこちに防水フィルムを貼った村田は言った。

それから笹山は少しの間口ごもると、意を決したようにその言葉を口にした。

「わしは何も知らんあんたらを、あの家に招き入れたんや。女は危ないと知りながら」

「えっ」

村田が驚きの声をあげる。何かあるとは思っていたものの、予想もしていなかった言葉にれんげもまた驚いていた。

「あの家は、呪われとるんや」

老人が真剣な顔であまりにも時代錯誤なことを言うものだから、れんげと村田はどうしていいか分からず顔を見合わせた。

「信じられへんやろ。わしかて、信じてへんかった。実際にあんなことが起こるまでは」

「あんなこと？」

そうして笹山が語り始めたのは、彼の家族を襲った奇禍についてだった。

「もう知らん人も多なったが、うちはこの近所では桂男憑き（かつらおとこつ）の家として有名やった」

「『桂男憑き』？」

知らない単語だ。れんげは思わず村田の顔を見た。

「ええと、桂男と言うのは、中国のおとぎ話に出てくる、あの桂男ですか？」

驚いたことに、村田の歴史好きの守備範囲は中国にまで及んでいたらしい。

老人の沈黙を肯定と受け取ったのか、村田はれんげに解説する形で桂男について語り始めた。

「確か、中国の伝説で月に住むといわれている男のことだと思います」

「おとぎ話って、日本でいううさぎみたいなこと？」

国によってそれぞれ月に住むといわれる動物が異なるのは、よく知られた話だ。同じ模様でも、地域によって解釈が異なるのが面白い。

例えば日本ではうさぎ、ヨーロッパではカニ、南アメリカではワニという風に、月に関する伝説はそれこそ世界中に散らばっている。

そして桂男とは、昔人間でありながら仙人の術を覚えた男が、その罰として永遠に月で桂の巨木を切ることになったというおとぎ話なのだという。

「実際、祇園祭の月鉾も戦前までは桂男鉾と呼ばれていたらしいです。祇園祭の山鉾は中国の故事が元になっているものが多いですから」

なるほどと、れんげは浅く頷いた。確かに山鉾を見て回った際、大昔に輸入した中国故事の影響が色濃く残っているなというのは、れんげも感じたことだった。おそらく遣唐使や遣隋使が持ち帰った大陸の文化を、京都の人たちが連綿と伝え続けてきたということなのだろう。

だが、村田の話を聞く限りその桂男というのは少しかわいそうで無害な存在のように思える。その桂男が憑くというのは、一体どういうことなのか。

その疑問に答えるように、老人は村田の話を補足した。

「確かに元はそうだったのかもしれんが、日本での桂男は妖怪としての顔を持っておる。なんでも絶世の美男子で、桂男に手招きされた女は魂を盗られてしまうのだと」

無害でかわいそうな男が、一転して妖怪話に変わってしまった。れんげは戸惑いつつ、老人の話に耳を傾け続けた。

「それはつまり、死ぬということでしょうか？」

妖怪についてはそれほど明るくないのか、村田が興味深そうにずれてもいない眼鏡を直している。

「そうや。実際、わしの祖母も母親も、早くに亡くなったと聞いとる。桂男憑きゆうんは、女だけが早く死ぬ家っちゅう意味なんや」

笹山は厳か（おごそ）に言い放った。

だが、突然そんなことを言われてもにわかには信じがたい。

どう反応していいか戸惑っていると、そんな空気を感じ取ったらしい笹山が自嘲を含んだ声音で話を続けた。

「わしかて最初は、そんなん迷信やろうとたいして気にしてへんかった。気にしてたら今頃は、こんなことにはなってへんかったはずや」

そして老人は遠い目をして、言った。

「わしが生まれた頃は、まだこの国は戦争に負けたばかりで食うにも困るような有様やった。当然そない変な言い伝えを気にしてる場合やあらへん。運よく焼け残ったあの家に嫁さんと住んで、ただがむしゃらに働いた。特需景気で仕事は上向きで、娘も生まれて、何もかもが順調やった。これからこの国はどんどん良くなる。そんな希望のある時代やったんや」

老人の昔語りが始まり、れんげの困惑は一層強いものになった。

このまま桂男に関係ない話が続きそうだと思われた、その時。

「けどな、そないな当たり前の幸せは、長くは続かんかった」

ごくりと息をのんだのは、れんげだったのかそれとも村田だったのか。

「はじめに、娘が喰われた。土間に頭から落ちたんや。運が悪かったと言われてなあ、ちょうど近所からはどんどん町家がなくなっていった頃や。高い上がり框や急な階段は危ないと言われてな。うちも建て替えようかという話をしとる矢先やった。その時わしは思ったんや。こりゃあもしかしたら、桂男のせいかもしれんぞ——と」

老人は疲れたようにため息をついた。

だが、れんげには妖怪の仕業というより、ただの不幸な事故としか思えなかった。確かに亡くなってしまった娘さんや娘さんを失った老人は憐れだ。しかしそれを呪いと呼ぶのは、随分と飛躍が過ぎる気がする。

それよりも、あまり長く喋らせるのはよくないかもしれないとれんげは思った。ただのぎっくり腰とはいえ、この老人は出会った時から随分と消耗していたのだから。

どこで話を遮ろうかと迷っていると、笹山は重々しく話の続きを口にした。

「次に嫁が喰われた。欄間の月に縄をかけて首を吊ったんや。わいの家族は、みんなあの月に喰われてもうたんや」

そう言うと、老人は疲れ果てたように目を閉じた。

れんげと村田は、何も言うことができずに顔を見合わせたのだった。

虎太郎の甘味日記　～れんげのお見舞い編～

暴漢に刺されて大学生活最後の夏休みを病院で過ごしている虎太郎は、焦っていた。なぜなら身を挺（てい）してまで守った想い人に衝動的にキスをして、それ以降避けられているからだ。

いや、避けられているという表現は正しくないかもしれない。怪我（けが）の責任を感じているのか、れんげは毎日病院にお見舞いに来てくれる。

ではどうして避けられていると感じるのかというと、あれ以来全く目が合わないからだ。話をしていても、いつも視線が合わない。

そもそも視線を合わせることが苦手だった虎太郎だが、れんげと目が合わないのはひどく寂しく感じられた。

あのキスも、まるでなかったことのように扱われている。

しかし許可もなくしてしまった負い目もあって、今更言及することもできずにいる虎太郎である。

自然、れんげが帰った後は自己嫌悪にのたうち回ることになる。

事件の被害者ということで個室に入院しているが、もしそうでなければ間違いなく同室の患者に迷惑をかけていたことだろう。

それ以前に、個室でなければ衝動的にキスなど仕掛けなかった気もするが。

そんな気まずい入院生活も、明日で終わりとなったある日。

れんげが初めて、お見舞いに和菓子を持ってきた。

「動かないのに甘い物を食べ過ぎるのはよくないと思ってたけど、もう退院だしね」

今まで虎太郎の好みを知りながらお見舞いを持ってこなかったのは、どうやら彼女なりに虎太郎のことを心配してらしかった。

気まずくて和菓子を頼むこともできずにいた虎太郎は、目が合わなくてもれんげは自分をいたわってくれているのだと喜びを感じた。

だが、彼が人並みの反応をしていられたのはそこまでだった。

「そ、それは……！」

れんげの手には、古風な竹かごを懐紙で包んだお弁当箱が一つ。

「『白（はく）』のおはぎやないですか！」

『白』とは、ミシュランの星を獲得した有名料亭『高台寺和久傳（こうだいじわくでん）』が手掛ける、おもたせ（テイクアウト）専門店である。

店舗は先年祇園で開店したばかりで、敷居の高さも相まって存在こそ知ってはいたが訪れることができずにいた。

この店は和菓子専門というわけではないのだが、今この店のとある商品に、京都だけでなく全国の和菓子好きが関心を寄せているのだ。

わくわくが止まらなくなってしまった虎太郎は、れんげに包みを差し出されると、まるでクリスマスプレゼントを受け取った子供のような顔になった。

「あ、開けてもええですか？」

虎太郎の喜びように和んだ空気のせいか、頷きながられんげが見せた笑顔は驚くほど優しいものだった。

「今、お茶入れるね」

幸いお湯はポットにあるので、すぐに即席のお茶会となった。慎重に包みを解くと、竹かごの中から油紙に包まれた六つのおはぎが現れる。おはぎというと団子のように丸まっているイメージが強いが、このおはぎはそうではなかった。四角い竹かごの中にみっちり詰まっている。

最近テレビで紹介されて人気に火がつき、お店には行列ができる盛況ぶりだそうだ。

「最近話題らしいから、虎太郎も食べたいだろうと思って」

れんげの背中から、照れていることが伝わってくる。

『れんげ様、我の分は！　我の分は！』

けんけんと子狐が騒ぎ立てる。しっぽを振ってれんげの腰にまとわりつく様は、やっぱりペットの犬とあまり変わらないように見える。

ペットと違うところは、甘味どころか酒まで嗜むところか。思わず心配になってしまうが、本当の狐ではないので健康面での問題はないらしい。

「虎太郎へのお土産なんだから、虎太郎にねだりなさい」

飼い主から邪険にされた子狐が、ふらふらと虎太郎の方にやってくる。

『虎太郎殿……』

いつの間にそんな技を身につけたのか、子狐が布団の上に着地しこちらを見上げて首を傾げている。

SNSでよく見かける構図だなと思いながら、虎太郎は笑って頷いた。

「ええよ。半分こしよな」

器が紙皿なのは残念だが、一度は食べてみたいと願っていたおはぎである。餡子は粒あん。関西でいうところの半殺し状態で、お皿に移しただけで崩れてしまいそうなほどの柔らかさだ。

手が汚れないようにと渡された割りばしで試しに割ってみると、中から少し粒を残した小さなお餅が現れた。こちらも普通のお餅より粒が残っている。

切り分けた半分を、そろりそろりと口に運ぶ。

和三盆の上品な甘みが口の中に広がる。柔らかいおはぎがするすると口の中でとろけて、大事に食べようと思うのにあっという間に喉を通過してしまう。

美味しいのに、食べるのが一瞬過ぎて、美味しいからこそ少し切なくなる。

れんげに淹れてもらったお茶は少し濃かったが、おはぎが甘いのでちょうどよかったかもしれない。

虎太郎におはぎをたかっていた子狐も、一つ分け前をもらいご満悦だ。

「あんまり夏っぽくはないけど」

お茶を飲みながら、れんげが苦笑した。

確かにおはぎといえば、秋のお彼岸の食べ物というイメージがある。萩が咲く頃だからその名がついたともいわれるが、実際には平安時代に宮中で使われた女房詞で牡丹餅のことを『萩の花』と言ったことから、おはぎの名が定着したといわれている。

一方で、虎太郎はれんげの言葉に首を傾げた後、何か得心したように軽く頷いた。

「ああ、れんげさんは東京の生まれやからそう思うんですね」

「どういうこと？」

「だって餡子とお餅ですよ？　暑気払いにはもってこいやないですか」

今度はれんげが首を傾げる番だ。

「もっとこう、寒天のお菓子とかが夏の和菓子ってイメージなんだけど」

「それどころやなかったんですっかり忘れてましたけど、関西なんかだと土用にあんころ餅を食べるんですよ。土用餅って言って」

れんげにとっては初耳の風習だ。土用というからには、暑気払いのために食べるのだろうが。

「それにれんげさん、おはぎの別名って知ってはりますか？」

「別名って、牡丹餅の事？」

「それもありますけど、他にも夜船や苦餅なんて名前もあるんですよ」

「苦餅？　こんなに甘いのになんでまた」

れんげが首を傾げるのを待ってましたとばかりに、虎太郎の和菓子語りは続いた。

「夜船っていうのは、おはぎを作る工程がとても静かやからついた名です。いつ岸についたか分からないぐらい静かという意味で。臼と杵で搗くわけやのうて、すり鉢で蒸した米を搗いて粒を残すので。それで苦餅の方ですけど、苦いのは味のことやないんです」

「じゃあなんのことなの？」

「あとちょっとで八月ですよね。八月の一日のことを、八朔と呼ぶんですが、この日は田実の節供といって、最初に獲れた稲をお世話になっている人に贈る日なんです。

江戸時代なんかだとその稲で牡丹餅を作ってお世話になった人に配ったらしいです。だからとってても今の時期に合ってると思いますよ」

虎太郎が力説すると、れんげはぽかんとした顔をした。まさか話がそこに着地するとは思っていなかったらしい。

「ちょっと、肝心の苦餅はどうなったの？」

「それはですね、八朔を過ぎると商いをやっている家では昼寝がなくなって夜業が始まったので、奉公人にとっては苦い日ということで苦餅って呼ばれるようになったみたいです」

当時の奉公人たちの苦労を思い、虎太郎は苦笑した。昼寝の時間がなくなって夜勤が増えたら、それは確かに辛いだろう。

同じことを思ったのか、れんげも笑っている。

久しぶりの和やかな時間だ。

（これなら退院しても、なんとかやってけそうや）

そう思った虎太郎の安堵は、残念ながら早晩打ち砕かれることになるのだった。

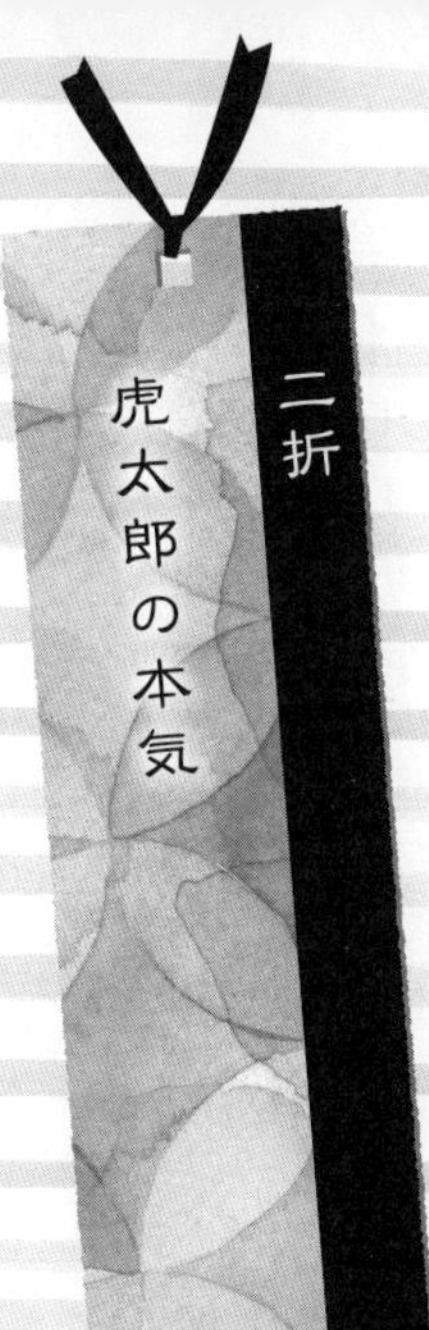

二折　虎太郎の本気

「小薄様。今日は本当にご迷惑をおかけして申し訳ありません」

笹山老人の自宅から例の町家までは歩ける距離だったので、村田と歩いて営業車を取りに行くことになった。お詫びの代わりに、れんげを家まで送ってくれるらしい。

れんげとしては、このまままっすぐ帰ってしまってもいいような気がしたが、町家での出来事を消化できなくてなんとなく一人になることに躊躇(ためら)いがあった。

さらに言うなら、内覧に付き合ったために村田は、自業自得とはいえ傷を負ってしまったわけで、さすがのれんげもじゃあさよならという気にはならなかったのである。

最近あまり虎太郎とも話していないため、妙に人恋しいという気持ちもあった。常に騒がしい狐がついて回っているので孤独というわけではないが、狐には人間の常識が通じないのでたまにひどく疲れるのである。

「あまり気にしないでください。もちろん、治療費は払ってもらいますけど」

村田に関しても手持ちのお金がなかったので、れんげが立て替えた形である。

「それはもちろんです。それであの、どう思いました？　先ほどの笹山さんのお話……」

どうやら村田は、笹山から聞かされた彼の不幸について、れんげと感想を共有したいらしかった。

れんげも町家について詳しいらしい村田に意見を聞きたいと思ったので、彼女の話に乗ることにする。どうせ遅くなったとしても、心配する人間は今家にいないのだ。

「確かに不幸な事故ですけど、娘さんのことも奥様のことも事故は事故です。娘さんを亡くされた絶望で奥様が自死を選ばれるというのは、悲しいことですがありえないことではないと思います」

実際、不思議なものを視るれんげの目をもってしてもあの家に桂男なる存在は見られなかった。それは自身も人ではない狐とて同じこと。

『桂男とはどのような男なのでしょうなあ』

その狐はといえば、呑気にそんなことを言っている。

『確かに大陸の気配は感じましたが、それが桂男とやらだったのか……』

「え!?」

ここで狐の口からぽろりと零れ落ちた問題発言に、うっかりれんげは激しく反応してしまった。

「ど、どうなさいました?」

隣を歩いていた村田が、驚いたようにこちらを見ている。

「い、いやあ。さっきその辺りを蜂が横切ったように見えたので、驚いてしまって……ははは」

「ええっ！　蜂ですか」

子狐の主人になってから、妙に言い訳がうまくなったれんげである。蜂を恐れて辺りを見回している村田に、れんげは心の中で頭を下げていた。

(ちょっと！　そんな話聞いてないけど？)

『そう言われても、れんげ様何も聞かなかったではありませぬかー』

肝心の狐はといえば至って呑気だ。もふもふとした大きなしっぽを、大したことではないとでも言いたげにふりふりしている。

帰ったらおやつは抜きにしてやるとれんげがひそかに決意していると。

「まあ、私も確かに事故だと思うのですが、ただ一つ気になることがあって……」

「気になること？」

れんげが問い返すと、村田はこくりと頷き、そして言った。

「笹山さんのお話では先祖代々あちらにお住まいのようでしたが、多分あの町家は――くるわとして建てられたものだと思うんです」

村田の言葉は、思ってもみないものだった。

「『くるわ』？」

れんげの反応に、村田はなぜか困ったような、恥じらうような、なんとも言えない顔になった。

「くるわというのは……つまりその、遊郭(ゆうかく)ってことです」

「え？」

　今まで三十年近く生きてきてほとんど関わることのなかった、時代劇の中でしか聞いたことのない単語に遭遇しれんげは思わず足を止めた。

「じゃあ、昔は遊郭だったってこと？　民家じゃなくて」

「小薄様。声が大きいです。と、とにかく車に乗ってください」

　気づくと既に、問題の町家の目の前まで来ていた。その印象は初めて見た時と同じ荒れ果てているの一言に尽きるのだが、笹山と村田の話を聞いた後では、随分とおどろおどろしく感じられるから不思議だ。

『れんげ様、れんげ様』

　車に乗ろうとするれんげを、ふと子狐が呼び止める。

（何？　早く乗らないとまた置いてっちゃうわよ）

　れんげのぞんざいな返事にもめげず、クロは慌ただしくしっぽを振る。

『あそこでなにやら怪しい人物がこちらを見ています！　敵ですか？　倒しますか？』

　どうやら不審者を見つけたので、己の力を試したくて堪らなくなったらしい。

　基本この子狐は、いつでも手柄を立ててれんげに褒めてもらいたいのだ。

（はあ？　何言って……）

　れんげが呆れつつも子狐の指し示す方向を見ると、そこには確かに怪しいとしか言いようのない人物がいた。

この夏の盛りにコートを着込み、さらには帽子をかぶってマフラーまで巻いている。

絶対に関わり合いになってはいけない。れんげはそう決心すると、子狐の言葉を無視して車に乗り込もうとした。

だが、その瞬間。

「あの！」

驚いたことに、不審者がこちらに駆け寄ってきたのだ。

つい先日、伏見稲荷大社の境内で遭遇した暴漢のことを思い出す。虎太郎に庇われていなければ、刺されていたのはれんげだった。

咄嗟にその時の恐怖が蘇り、れんげは慌てて車のドアを閉めた。大きな音がしたので、村田も驚いたらしく何ごとかとこちらを見ている。

『なにやつ！』

子狐は不審者の前に立ちはだかると、周囲にめらめらと火の玉を燃え上がらせた。

れんげの額に、じわりと熱が広がる。

だが、不審者には当然そんなクロの姿など見えていない。駆け寄ってきた相手は車の直前で躓き、そのまま転がりそうになって車のボディに手をついた。

バチンと痛そうな音がする。

「待ってください！」

不審者の息で、車のガラスが曇る。

完全に無視された形の子狐は、不満げにぶんぶんしっぽを振りまわしている。

「ひっ」

気弱な声が漏れた。それが己の喉から発せられたことに気づくのに、しばしの時間が必要だった。

どうやら思っていた以上に、先日の事件はれんげの心に深い傷を残していたらしい。

震える手で、開けられないよう必死でアームレストを掴む。

「早く出して！」

「え、でも……」

「いいから！」

「だめです！　怪我しちゃいますよその子」

村田は頑なだった。

れんげは怒りを覚える。だがその怒りこそが、冷静さを取り戻すきっかけとなった。

「え、その子……？」

改めて、れんげは車外の不審者を見た。

するとクロは既に戦意をなくし、れんげの意向を伺うように車のボディをすり抜けて顔を出していた。

「れんげ様ぁ、どうしますか？」

情けない声を出す子狐に、れんげは改めて不審者に目を向けた。

すると車に手をついたことで転倒こそ免れたものの、おでこを窓ガラスにぶつけたらしく額を押さえて痛みをこらえている少女が、そこにはいた。

衝撃でマフラーと帽子が外れてしまい、隠れていた栗色の髪が、零れ落ちる。

それを目にした途端、れんげは本気で怖がっていた自分が馬鹿馬鹿しくなった。

ロックを外し、少女にぶつからないようゆっくりとドアを開ける。

「あなた……大丈夫？」

戸惑いがちにそう問うと、少女は恥じらうように小さく頷いたのだった。

⛩ ⛩ ⛩

——これは妙なことになった。

れんげは思った。

場所は不動産屋の近くのカフェである。四人掛けの席に三人。れんげと村田が隣り合って座り、その向かいに例の不審者と思われた少女が項垂れている。

あれからとりあえず落ち着いた場所で話をしようということになったのだが、どうしても先にお金を返したいという村田の要望によって不動産屋に寄ってから改めてカフェに集合という形になった。

逃げずにちゃんと待ち合わせの時間にやってきた少女は、まずいことをしたと思っているのか終始申し訳なさそうにしていた。

格好も今は大きめの白いTシャツにデニムスカートという至って普通の服装で、年の頃は高校生か大学生といったところか。

ここまで年下の女の子と普段関わることのないれんげは、一体どう話したものかと話の切り出し方に苦慮していた。

本音を言えば、お金は既に返してもらったのだからさっさと家に帰りたいところだ。試しに物件を見てみるだけのつもりが、すっかり遅くなってしまいもう日も暮れ始めている。

それに村田の方も、一人の顧客相手にこんなに仕事をさぼっていていいのか、れんげはどうでもいいことが気になったりした。

「それで、どうしてあんなことをしたの？」

どうやら、話のイニシアチブは村田が取ってくれるらしい。町家へ行った時のはしゃぎぶりはどこへやら、いかにも落ち着いた女性の雰囲気を醸し出している。

それに導かれるように、少女はぼそぼそと少しずつ事情を話し始めた。

彼女の名前は由佳里といい、例の町家のすぐ近くに住んでいるのだそうだ。相手をする村田はさくさくと由佳里から話を引き出し続けている。

「その……私、前からあの家が気になってて、そこに珍しく人がいたので思わず……」

彼女が言うには、町家が気になるものの持ち主も何も分からないため関係がありそうなれんげたちに声をかけたということらしいのだが、それではあの妙な服装の説明がつかない。

「じゃあ、どうしてわざわざ冬用の服を？」

疑問に思いれんげが横から口をはさむと、ほぐれ始めていた由佳里の雰囲気がもう一度固くなった。

どうやら由佳里は、れんげが怖いようだ。怖い思いをしたのはこちらだと思わなくもないが、一回り以上年下の相手にそんなことを言っても仕方がない。

「大丈夫だよ。怒ってないから。ねえどうして？」

「怖くて……」

村田が優しい口調で尋ねると、由佳里は涙ぐんだ声でぽつりとつぶやいた。

「怖くて？」

怖いとどうして冬服を着ることになるというのか。れんげの頭の中は、疑問符でいっぱいになった。

「あの家の前を通る時、女の人のすすり泣く声がするんです。それと……誰かの名前を呼ぶ声。怖くてなんて呼んでるかまでは確かめられないんだけど、でもどうしても気になって」

少女が気になっていたのは町家そのものではなく、その町家で起きる不可思議な現象の方だった。

れんげは村田と顔を見合わせる。なんだか今日は、何度も彼女と顔を見合わせているような気がする。

『このおなごは、幽霊を見たのでしょうか？』

由佳里の顔を覗き込みながら、子狐がくんくんとにおいを嗅いでいる。そうすることで何が分かるのかは分からないが、どうせ由佳里には見えないのだからとれんげは好きにさせていた。

「そ、れであの、お二人はあの家を除霊に来たんですか？」

思わぬ質問に、れんげは飲んでいたコーヒーを吹き出しそうになった。今日は既に一度水を吹き出しているので、同じ轍を踏むような愚は冒さなかったが。

「ど、どうしてそう思ったの？」

驚いたように、村田が尋ねる。

それはそうだ。だってれんげも村田も、霊能者を思わせるような恰好などしていない。巫女服を着ているわけでもないし、手首に数珠すら巻いていない。さらに言えば、村田はどこからどう見ても、可愛いもの好きのＯＬにしか見えないと思うのだが。

村田の問いに、由佳里はなぜか目の前の子狐をまっすぐに見つめた。

（あ、まずいかも）

本能的にそう思った時には、もう遅かった。

「だって、お稲荷さんを連れてるから」

れんげは想定していなかった、自分と虎太郎以外に、子狐が視える人間がいる可能性など。

クロも驚いているのか、ぴんと立てたしっぽが大きく膨らんでいる。

これは面倒なことになったぞ、とれんげは思った。

否定するにしても肯定するにしても、村田の存在が厄介だ。

けれど目の前で涙目になっている少女相手に、嘘を吐くことなどれんげにはどうしてもできなかった。

ここで肯定をしたら、面倒なことになるのは目に見えていたのに。

「そんな大層なものじゃないのよ」

れんげの言葉を聞いた少女の目に、小さな希望の明かりが灯った。隣から穴が開いてしまいそうなほどの視線を感じるが、気づかないふりをする。

「お、お願いします！　あの家にとり憑いてる霊を、払ってはくれませんか？　わたしあそこを通るたびに怖くて……っ。それに、すごく悲しげな声なんです。あそこにずっといることが、女の人の霊にとっても、いいことだとはとても思えないんです！」

縋るような必死の懇願に、れんげはほんの少し前の己の判断を後悔し始めていた。

唯一子狐だけが『お稲荷さん』と呼ばれたことが誇らしいのかやけに胸を張っている。いい気なものだ。

そのせいでなぜか霊能力者にされてしまったれんげは、背中を丸めてとっとと家に帰りたい気持ちでいっぱいだった。

⛩　⛩　⛩

翌々日。

今日はいよいよ虎太郎の退院日だ。

退院は午後だがそれを手伝うため朝から病院に向かうつもりでいたれんげは、思わぬ客人の襲来にあい虎太郎の家に足止めされていた。

「というわけで、当社としてはぜひ小薄様にこの一件を依頼させていただきたく――」

「ちょ、ちょっと待ってください！」

アポなしで押しかけてきたのは、不動産屋の村田だった。改めて渡された名刺を見ると、そこには村田加奈子（かなこ）と書かれている。

見かけは大人しそうな京美人なのだが、この村田という人物はこうと決めたらかなり押しの強い人物であると、れんげは既に思い知らされていた。

「急に来てなんなんですか？　依頼って意味が分からないんですが」

「ですから、あの家に取り憑くいている悪霊を退治していただけたら、報酬としてあの町家を格安でお貸しいただけると、ここに笹山様からも念書をいただいておりまして――」

村田の申し出は、れんげにとって青天の霹靂（へきれき）もいいところだった。さっさと帰ってほしいというせめてもの意思表明でお茶すら出していないにもかかわらず、座布団の上でまっすぐに背筋を伸ばす村田はてこでも動きそうにない。

「何言ってるんですか！　悪霊退治なんてできませんよ。大体、笹山さんの話は事故だって、昨日あなたも言ったじゃないですか」

れんげは早く村田を追い返そうと必死だった。

同時に、どうして昨日彼女に送ってもらうなどという愚行を犯したのだろうかと後悔した。相手が男性だったら少しは警戒したかもしれないが、村田の見た目はおしとやかな京美人そのものなので油断したのだ。そしてその油断が、命取りになった。

住んでいる家を知られたことで、れんげは村田から逃げられなくなってしまったのだ。なにせ、この家の家主は虎太郎である。なんとか穏便に解決しなければ、せっかく怪我が治って退院してくる虎太郎に、また迷惑をかけてしまうことになる。

つくづく不用意な己の性格を、れんげは呪った。

以前はそんなことちっとも思わなかったのだが、子狐と関わるようになってからどうも不用意に事件に巻き込まれることが増えた気がする。

もっともその事件というのは、神様やら妖怪やら幽霊など思考回路の読めない相手が引き起こすものばかりだったので、仕方がないとも言えるが。

その論法でいくと、もしかしたら村田も人間ではないのかもしれない。

「確かに笹山様のご婦人が亡くなった件に関しては、事故だと私も思います。ですが、由佳里さんの言う女性の幽霊――あるいは心霊現象が疑われるような事態が起こった場合、こちらとしても対応策を講じないわけにはいかないのです。我が社は笹山様にあの物件の管理を委託されております。悪評が立てば今以上に借り手がつかなくなってしまいます！」

村田はれんげが口を挟む隙もないような勢いでまくし立てた。

クロなど完全に怖がってふわふわのしっぽを後ろ足で抱え込んでいる。守ってくれるんじゃなかったのかと、れんげは一瞬鼻白んだ。

さて、それはともかく、今の村田の発言には色々と気になることがあった。

まずはなんといっても、『今以上に借り手がつかない状態というわけだ。そしてそれを京都での住まいとして紹介されたれんげは、一体どんな顔をしてこの言葉を受け止めればいいのか。

借り手のつかない物件に借り手を見つけるのが彼女の仕事と分かってはいるが、それならば最後まで本音の部分は隠しておいてほしかった。

だがあっけにとられたれんげなどお構いなしで、村田は話を続ける。

「昨日近所の方にそれとなく話を伺ったところ、由佳里さん以外からもあの物件から女性のすすり泣く声を聞いたという証言がとれました。このままでは心ない噂が立つのも時間の問題です。その前に何卒(なにとぞ)！」

そう言って、驚いたことに村田は勢いよく土下座をしたのだった。といっても彼女の目の前にはちゃぶ台があるので、ごつんと鈍い音を立てて額をぶつけていたが。

彼女にお茶を出していたら、間違いなく大変なことになっていただろう。

「だから、私は除霊なんてできないし、やったこともないって言ってるのに……それに、あなたどうしてそんなに必死なの？　いくら仕事だって言ったって、あなたの仕事はあくまで物件を管理することと空き物件の借主を探すことであって、そんな頭を下げるようなことじゃ……」

れんげは心底困っていた。

ただの押し売りだと切り捨てるには、彼女はあまりにも必死すぎた。ただ町家が好きだとか、そんなことでは説明できない熱意が彼女にはあった。

額をぶつけた田村が、ゆっくりと顔を上げる。

ぶつけた額はうっすらと赤くなっていた。

けれどそれより目を引いたのは、ぽろぽろと涙をこぼす彼女の瞳の方だった。

「だって、かわいそうじゃないですか……」

「かわいそう？」

この場合、かわいそうなのは一体誰だろう。

突然アポなしで家に押しかけられたれんげもかわいそうな気はするが、村田が心を砕いているのはそんなことではなかった。

「女の人の泣き声って、きっと笹山さんの奥さんだと思うんです……。子供を亡くして苦しんで亡くなったのに、未だに苦しみ続けてるなんてひどいですよ。できることなら、お子さんのいる天国に送ってあげてほしいんです。今のままじゃあまりにも、誰も救われなさすぎて……っ」

ついにはしゃくり上げながらそう訴える村田に、れんげは愕然とした。

彼女は、遭遇したこともない幽霊に同情し、どうにかしてあげてほしいと、こうしてれんげの前で涙を流している。

そう言われてみると、確かに無念のまま死んであの町家に縛られ続けている笹山夫人がひどく不憫だ。

れんげは宗教に疎いので天国という場所が本当にあるのかは分からないが、それでもすすり泣く声の主が心安らかになればいいのにという気持ちはある。

平泉で義経と別れた時、彼は晴れ晴れとした顔をしていた。

叶うなら、笹山夫人にも苦しみや悲しみから解放されてもらいたい。

『ねえクロ』

村田に聞こえないよう、心の中で子狐に問いかける。

『あんた、幽霊をどうにかするなんてできる?』

魔が差したとしか言い様がない。

れんげの問いに、子狐は興奮したようにしっぽを振り始める。

『れんげ様が望むのでしたら、幽霊ごとき我が退治してくれましょう!』

そう言って胸を張るが、別に退治してほしいわけではないのでれんげは眉を寄せる。

『いや、退治されたら困るんだけど……』

『何が困るのですか？』

クロは相変わらず、人間の心の機微を理解するのが苦手だ。いやこの場合、たとえ苦手でなかったとしても答えを出すのが難しい問題ではあるのだが。

そしてれんげとクロがこんなやりとりを交わしている間も、村田はすがるような目でこちらを見つめ続けている。

れんげは心底困っていた。最初は断固として断ると決めていたはずなのに、村田の言葉に少なからず心を動かされている。

自分に幽霊をどうにかできる力なんてあるとは思えないが、もしできることがあるなら何かするべきではないのか。

そんな考えが頭をよぎるのだ。

村田の涙で動く義理はないが、子供を亡くして自らも死を選び、そして死してなお苦しみ続けている女性がいたとしたら、おこがましくもなんとかしてやりたいと思ってしまうのだ。

（ああほんと、らしくない）

そう思いながら、れんげは大きな大きなため息をついた。

これ以上断り続けたところで、虎太郎を迎えに行く時間が遅くなるだけだ。

「……分かりました」

結局、れんげは村田の熱意に根負けし、もう一度例の町家に行くことになった。

そもそも幽霊なんて見えるかどうか分からないし、見えたとしてもどうすればいいのかはさっぱり見当がつかない。

そこでれんげは、考え方を変えることにした。

そのすすり泣きとやらが本当かは分からないが、今は仕事もしていないことだし時間はある。自分が行って何か役に立てることもあるかもしれないならやってみよう。どうせだめで元々だ。

さらに、少しの打算が働いた。

村田に協力して地元の不動産屋に貸しを作ればいい物件を融通してもらえるのではないかという打算だ。

知り合いもろくにいない場所での家探しなので、不動産屋に味方になってもらえればこれ以上に心強いことはない。

「保証はしませんが、とりあえずやれるだけのことはやってみます。その代わり、今度こそいい物件を紹介してくださいね。こっちも早く引っ越さなきゃいけない事情があるので」

というわけで、れんげは同情三割焦り三割、ついでに打算も三割で残りの一割強引に押し切られた形で、この奇妙な依頼を受けることになったのだった。

⛩⛩⛩

だがここで、れんげが予想もしていなかったアクシデントが発生する。

原因は虎太郎の小さな嘘だ。

彼は退院は午後だと偽っていた。虎太郎はれんげを驚かせようというサプライズを企画したのである。

れんげには内緒で午前中の内に退院し、一人でも大丈夫なのだということを彼女に示したかったのだ。傷はもうすっかり癒えているというのに、自分を庇って怪我をさせた負い目からか最近の彼女はあまりにも過保護だった。

その上キスのせいで気まずくなっていたので、れんげを驚かせることで話のきっかけにしようという下心もあった。

だが、そんな虎太郎の出来心が予想もしなかった不幸を生んだ。

帰宅した彼は来客に気づき、家には入らず様子を窺っていたのである。れんげたちの会話は虎太郎に筒抜けであった。

特に最後の言葉がよくなかった。れんげは自らの口で、引っ越しを考えている旨をはっきり言ってしまったのだ。

「引っ越すってどういうことですか！」

突然の闖入者に、室内にいた二人は唖然としている。

虎太郎は入院道具が詰め込まれたスポーツバッグを畳の上に放り出すと、ずかずかと居間に上がりれんげに詰め寄った。

虎太郎は頭に血が上ってしまい、客人を気にする余裕など消え失せていた。

「引っ越さなあかん事情があるって、今言わはりましたよね？　一体どんな事情ですか？　どうして俺はそれを聞かされてへんのですか？」

いつもおっとりした虎太郎が怒濤の勢いで喋るので、クロまで驚いて台所へ逃げて行ってしまった。

「れんげさん！　目を見て話してください」

クロを目で追うれんげの顔を、虎太郎は両手で引き戻した。

そもそもこちらを見ないれんげの態度に、虎太郎はストレスをためていたのだ。そこに来て引っ越すなどというものだから、普段の彼なら絶対にしないような行動をしてしまったのも無理からぬことだったかもしれない。

だが、れんげはそんな虎太郎の事情など知らないので、驚きに目を見開くばかりである。例のキスがあってから虎太郎も気にして極力接触がないよう行動していたので、両手で顔を触られるという事態に酷く動揺している様子であった。

「ええとあの、お邪魔なようですので私はこの辺で……。小薄様。先ほどの件落ち着いたら連絡お願いします。それでは後はお若いお二人で……オホホホホ」

そんなまるで仲人のおばさんのようなことを言って、村田はそそくさと家を出て行ってしまった。

自分も逃げたいとばかりに、閉まった玄関を未練がましく見つめるれんげ。

「れんげさん！」

なかなか返事をしないれんげに、虎太郎が怒る。なんでも自分の胸の内で処理してしまう虎太郎が、こんなにも感情を露わにするのは珍しいことだ。

「俺がキスしたからですか？　だから家を出ていかはるんです？　確かに、勝手にキスしたことはあかんかったと思います。それでも、俺になんも言わないなんてひどいやないですかっ」

れんげが平泉に行くと決めた時でも、虎太郎の反応はこんなにも大きなものではなかった。寂しいけれど離れるのが嫌だと言っては迷惑がかかる。たとえ離れても連絡先を知っていればまたいつでも会える。自分が我慢すればいい。

ただ、思えばあの時、虎太郎は無理をしていた。言えない気持ちをいなり寿司に込めることで精一杯だった。

だが今は、そうではない。

おそらくキスをしたことで、完全に箍が外れてしまった。

一緒に暮らしていても一歩線を引けていたものが、完全にそれを飛び越えて行動していたのだ。まるでわがままを言う子供のように。

子供の頃から我慢することが癖になっていた虎太郎にとって、それは未知の感覚だった。だが前に戻ろうとは、もうどうしても思えないのであった。

「とにかく、落ち着いて」

ようやく我に返ったらしいれんげが、事態の収拾を試みる。

「私が悪かったの。虎太郎の好意に甘えすぎてしまった。京都に残るって決めたなら、もっと早くこの家を出るべきだったのに」

「何があかんのですか。れんげさんに残ってほしいゆぅたんは俺です。まだ、まだ仕事の方はどうなるかわからへんけど、でもやりたなかったらそれでも全然ええですし、そうじゃなくて俺はれんげさんと離れたくなくて。れんげさんから見たら俺なんて全然頼りないかもしれへんけど、でも俺は本気です。生半可な気持ちでゆうてるんとちゃいます！」

まるで和菓子について語る時のように、いやそれよりも饒舌に、虎太郎は言う。

そんな虎太郎を見上げて、なぜかれんげは悲しそうな顔になるばかりで。

「だから、一度距離を置いて考えたいの。虎太郎とのこと、このままじゃいけないって思うから」

「このままじゃって……やっぱり俺じゃだめってことですか？」

「なんでそうなるの？　すぐに結論なんて出せないわよ。一回離れて冷静に考えたいの。どうして分かってくれないの？」

れんげの問いを最後に、二人は沈黙した。

そのまま黙って見つめ合う。虎太郎は針のむしろにいる気分だった。れんげの言うことも分からなくはないが、どうしても失望感が拭えない。

こんなはずじゃなかったと考えれば考えるほど、悲しくて心細くて、救いのない気持ちになる。

同時に、れんげを悲しませているのが自分だと思うと、深い自己嫌悪の海に沈んでしまいそうになった。

以前見たれんげの元彼なら、彼女へこんな風に気持ちを押しつけたりしなかったに違いない。

スーツを着た大人の男性だった。忘れようとしてもその影がちらついて、不甲斐なさと苛立ちで息もできない。

『れ、れんげ様、虎太郎殿ぉ……』

二人の間に入り、子狐がおろおろと情けない声を出す。

それをきっかけにしたように、れんげが口を開く。

「とりあえずちゃんと話すから、虎太郎もちゃんと私の話を聞いて。聞いた上で判断してほしい。そうやって意見を押しつけるんじゃなくて」

そう言われてしまうと、何も言えなくなってしまう虎太郎である。暴走して、気持ちを押しつけているという自覚があるだけに。

「今、お茶淹れるね」

まるで虎太郎から逃げるように、れんげが立ち上がる。

ただ台所に向かっただけだと分かっているのに、まるでもう二度と戻っては来ないような気がして、虎太郎は体が震えた。

⛩ ⛩ ⛩

狭い台所に立ったれんげは、心の中に打ち寄せる荒波を抑えるのに必死だった。

言いたいことは、たくさんあった。けれど言ったら最後取り返しがつかなくなる気がして、互いに頭を冷やすべきだと諭(さと)した。

それでも最後に嫌味を言ってしまったのは、せめてもの抵抗と言えよう。

年の差や、どちらも定職に就いていないことなど、アラサーのれんげには気になることがたくさんあるのに、答えばかりを急ぐ虎太郎の態度に苛立ちは募った。

大体、どうして午後に退院するなどという嘘をついたのか。もし村田が押しかけてきていなければ、れんげは退院を手伝うつもりだった。病院に向かっていたら、虎太郎とすれ違いになるところだった。虎太郎に悪意がないことは分かっているが、分かっていても湧き上がる感情まではコントロールできない。

れんげはもう若くないので、その怒りを直接相手にぶつけてはいけないと分かっている。ぶつけても事態は悪化するばかりでなんの益もないと。

けれど彼女は失念していた。ぶつける習慣がなかったからこそ、前の恋人との関係が破綻したということを。

結局のところ彼女は、色々な言い訳をして虎太郎と真正面からぶつかることを避けていた。虎太郎との関係は心地よくて、だからそれを壊したくなかった。

いっそ男と女でなければ、こんなことにならなかったのにと、ありもしない「もしも」を想像してみたりした。

初めて会った時はまさか、こんな関係になるなんて思っていなかった。気まぐれに京都にきたものの、一か月もしたら帰るつもりだった。

どこでボタンを掛け違えたのか。それともずっと掛け違えていた生活を、ようやく改めたのか。

今は何よりも考える時間がほしい。

けれどそれをどうやって虎太郎に分かってもらえばいいのか。

時間をかけすぎたお茶は苦くて、そしてぬるくなってしまった。

とてもじゃないがおいしいとは言えないお茶を飲んで、虎太郎の頭も少しは冷えたようだ。

無言で向かい合うと、カチカチという柱時計の音がやけに大きく聞こえた。黙っているほどに事態が悪化する気がして、今度はれんげが口火を切った。

「別に、虎太郎が嫌いになったわけじゃないよ。病院でのことはその……驚いたけど、嫌じゃなかった」

「なら！」

「でも、このままだったら嫌いになりそうなの。あなたのことも、私のことも……。あのね、言ってなかったかもしれないけど、私は東京で何もかもが嫌になってここにきたの。何をしたいとか何を見たいとか具体的なことは何も決めてなくて、ただ逃げてきただけ。だから虎太郎にこんなに優しくしてもらえるなんて思ってなかったし、クロと出会えるとも思ってなかった。虎太郎には感謝してる。虎太郎がいたから、私はここまで立ち直れたんだって思う。でも、じゃあ好きなのかって聞かれたら、それは分からない。人間としては好きだけど、正直異性としてみられるかと言われたらそれは答えられない。だから、それを確かめるためにこの家を出ようと思ったの」

長い台詞を喋り終えて、れんげは軽く息を切らしていた。

それをかみ砕くように、虎太郎は返事をすることもなく黙り込んでいる。

二人の頭上では子狐が、そわそわと事の成り行きを見守っていた。

カチカチと時計の音。昼にかけて気温が上がったのか、自動運転にしているクーラーがうなりを上げた。

虎太郎は一度何かを言いかけたあと、ぐっと堪えて低い声でこう言った。

「分りました」

ようやく分かってくれたかと、れんげの体から一気に力が抜ける。

けれど虎太郎の言葉は、そこで終わりではなかった。

「でもれんげさん、まだ俺に隠してることありますよね？」

「え？」

「さっきの女の人に、何か頼まれてたやないですか。一体何を頼まれたんですか？」

「そ、それとこれとは話が別じゃ……」

「あのですね、れんげさんが何も言わんと暴走して、刺されかけたのはついこの間ですよ？　あの男が手に刃物を持っているのを見た時、俺は頭が真っ白になりましたよ。どうしてそう危機感がないんですか！」

　虎太郎にまくし立てられ、れんげは小さくなった。

　彼の言葉はぐうの音も出ないほどの正論で、そしてそんなれんげを庇って刺された虎太郎がやっと今日退院したばかりなのである。

「だって……」

「だってもへちまもないですよ！　いいからあの女性から何を引き受けたのか話してください。正直に！」

　そんなに大声を出したらせっかく塞がったお腹の傷が開くんじゃないかと思うと、れんげは気が気ではなかった。

　なのでこれ以上虎太郎を刺激しないよう、れんげは観念して正直にこれまでのなりゆきを話すことにしたのだった。

⛩ ⛩ ⛩

「あら、今日はそちらの方もご一緒なんですね」

村田との待ち合わせ場所として指定された町家の前に、れんげは虎太郎を連れて立っていた。

ちなみに虎太郎は、怪我を理由にアルバイトを長期で休んでいる。

今は入院で遅れてしまった勉強や仕事に集中してほしいと虎太郎には言ったのだが、断固としてついてくると聞かなかったので現在に至る。

あの日のやり取りを見たからなのか、村田は生温い笑みを浮かべただけで特に虎太郎とのことについて言及しようとはしなかった。

どうせ喧嘩して元さやに収まったとでも思われているのだろうと考えると、れんげは顔から火が出る思いだ。

「今日から泊まり込みで調査していただけるということで、ありがとうございます！」

そう、れんげは例の町家に一晩泊って、本当に由佳里の言う怪奇現象が起きるのか確かめるつもりだった。

そのつもりで寝袋などのアウトドア用品もレンタルしてきたし、準備は万端である。

れんげに頼られたからか、子狐も気合に満ちていてしっぽについている玉が爛々と光っている。

幽霊が出てきたら、問答無用で噛みついてしまうのではない少し心配ですらある。

そしてついてきた割に言葉少なな虎太郎は、真剣に村田の話に聞き入っていた。

彼を巻き込むのは心底申し訳ないのだが、廃屋に一晩泊るのは確かに勇気がいるのでそこまで強く拒絶することもできなかったというのが本音である。

幽霊が出てくるのならば、まだいい。

恐ろしいのは、勝手にホームレスが住み着いていたり、ないとは思うが入ってきた泥棒と鉢合わせしたりすることである。

なので正直なところ、虎太郎が一緒にいてくれるのは心強かった。

家を出ていくと決めたのに、一緒にいて安堵するなんてどうなんだとれんげの苦悩はより一層深いものになったが。

さて、笹山老人は残念ながらぎっくり腰で来られないので、代理で鍵を預かってきた村田が町家を開ける。

まずは少しでも居心地をよくするため、たまった埃をほうきで払うことにした。口にはマスクをして、持参した掃除用具で天井から埃を落とし、まとめてごみとして袋に入れておく。

とりあえず一部屋だけということで、作業はそこまで大変なものではなかった。

ただ、笹山老人の話を聞いた後なので、どうしても欄間にある月の彫り物に目がいってしまう。

昔のことなので縄の跡などは残っていないが、娘を亡くし失意のうちに命を絶った女性がいたのは本当だ。

おそらくだが、れんげとそう変わらない歳だっただろう。

埃を落とした欄間に手を合わせる。

村田が言うように、もし彼女が今もこの家に囚(とら)われているのだとしたら、安らかに眠ってもらいたいという気持ちはある。

そして同時に、あまり気にしていなかった桂男という存在に対する疑問がむくむくと膨れ上がってきた。

「あ、そういえば」

ふと気づいたことがあり、掃除を手伝っていた村田に声をかける。

「この間、この町家がもともと遊郭だと思うって言ってましたよね？　あれはどうしてですか？」

その話をしていた時に、ちょうど由佳里が現れて話が途絶えてしまったのだ。

だが村田がどうしてそう判断したのか、れんげはそれが気になっていた。

京都の色街として有名なのは祇園や島原(しまばら)だ。だがこれらの跡地はどちらも京都駅のある八条(はちじょう)通より北にある。

一方で京都駅からかなり南にあるこの墨染(すみぞめ)という土地に色街があったというのはとんと聞かない話だ。

島原や祇園には今でも当時にゆかりのある建物やお店が残っているものだが、この辺りは普通の民家が建ち並ぶただの住宅地である。

「ああ、それはこの町家の造りを見て、ですね」

「造り?」

「はい。ここを見てください。玄関側のミセノマの隣には、普通廊下など作らずそのまま次の部屋が繋がるんですが、この家はミセノマと隣の部屋の間に廊下があって、廊下を渡ってすぐ階段をのぼる造りになってますよね?」

「え、ええ」

確かに、小さいとはいえ虎太郎の家も、虎太郎が使っている居間とれんげが使っている部屋はふすまで遮られているだけで地続きだ。

そもそも町家には、狭い空間を有効利用するためか廊下と呼べる部分がほとんどない。代わりにあるのが部屋に沿って土間が続く通り庭だが、ここは台所も兼ねていて純粋な廊下とは呼べないかもしれない。

「これはやってきたお客さんが、すぐに二階に上がれるようにするための造りです。普通の商店だったら入ってすぐのミセノマで接客すればいいわけで、わざわざこんな造りにする必要がありません」

なるほどと、れんげは改めて荒れた町家の室内を見渡した。風通しを良くするためかふすまは外されているので、今は家ごと一つの大きな部屋のようになっている。

走り庭は台所の熱気を逃がすために吹き抜けになっているが、部屋の天井は低めなので虎太郎が何度も鴨居に頭をぶつけそうになっていた。

「随分古い家ですね」

れんげが無茶をしないか監督するためにやってきた虎太郎であるが、この町家の大きさと寂れ具合で二重に驚いたようである。

「まだこんな家残っとったんや」

特に町家が好きだという話は聞いたことがなかったが、自分も町家に住んでいるだけあって嫌いではないのだろう。

先ほどからあちこちうろうろしては、頭をぶつけたり建具の小さな飾りなどに目を輝かせたりしていた。

虎太郎は和菓子の味だけでなくその見た目や歴史なども愛しているので、うらぶれたこの家も彼には宝の山のように見えるのかもしれない。

「虎太郎」

「はい？」

「あんまり不用意に動かないでね。何が起こるか分らないんだから」

虎太郎がれんげを心配するのと同様にれんげもまた虎太郎のことが心配だった。

現在確認されているのは由佳里が聞いた女のすすり泣きのみとはいえ、この家に一体何がいるのかどうにもはっきりしないせいだ。

やはりどれだけ頼まれても断るべきだったかもしれないと、れんげはこの時思った。

虎太郎がれんげを庇って刺されたことで、彼女は気づいてしまった。

自分が傷つくよりも、虎太郎が傷つく方が、よほど恐ろしいのだと言うことに。

れんげにとって、虎太郎は自分の人生を救ってくれた恩人である。好きか嫌いかの二択ならば、当然好きの方を選ぶ。

けれど彼の告白に頷けないのは、相手のことが大切だからだ。

こんな意地っ張りの年上女と付き合って、相手が幸せになるとはとても思えない。

でもそれをどう言葉にすれば、虎太郎に伝わるのかが分からない。彼はきっと、年の差など気にしないと言うだろう。意地っ張りな性格だって知っていると言うだろう。

けれど知っているだけじゃだめなのだ。

それでこの先愛想を尽かされることがあったらと思うと、れんげはおびえるしかないのだった。

仕事をしていた頃のれんげは、無敵だった。

誰かに嫌われることなど恐れなくてよかった。ただ目標に向かって邁進(まいしん)しているだけでよかった。迷いようのないまっすぐな道。

けれど今は、迷っている。

まるで京都の碁盤の目を、あちらこちらへと迷い込んでいるような。

思考があちらこちらへとさまよい、なかなか定まらない。

ならばせめても、目の前のことだけに意識を集中させようと、れんげは現実に立ち返り一階のあちこちをクロと共に検分し始めた。

もちろんマスクをして、埃を吸い込まないよう注意する。釘などが落ちていたりするので、足下も要注意だ。

その時、ぎしぎしと木が大きくきしむ音がした。

何事かとそちらを見ると、今日はジャージ姿の村田が、階段を上がろうとしている。

れんげはぎょっとした。

前回、村田が床板を踏み抜いた時のことを思い出す。

実際、階段へ続く廊下は踏み抜かれた部分が歯抜けのまま、床下へと続く穴がぽっかりと口を開けている。

ここで大声を出して驚いた村田が転げ落ちては大変なので、恐る恐る階段へと歩み寄る。

昔の日本家屋らしく、その階段は一段一段が狭い。

当時よりも今の日本人の方が体が大きいからだろうが、女性の平均的な身長である村田ものぼるのに四苦八苦していた。

「無茶しないで。階段から落ちたら擦り傷じゃすまないわよ」

町家や歴史のこととなると前が見えなくなる村田に、れんげはそっと釘を刺す。

気づくと虎太郎もれんげの傍らで、心配そうに村田を見上げていた。

『れんげさまー！』

その時、突然子狐が叫んだ。

れんげは驚いて、叫んでしまいそうになり慌てて自らの手で口を塞ぐ。今叫んでは、村田を驚かせかねない。

とりあえず村田に何かあったらすぐ動けるよう虎太郎にお願いし、れんげはクロの元へ向かった。

室内はすぐに見渡せるのに、見回してもクロの毛玉姿が見つからない。

一体どこに行ったのかと、れんげはあちこちを見て回る。

『こちらです。れんげ様――！』

もう一度クロの声がした。格子窓の向こうからだ。

どうやら子狐は、いつの間にか外に出てしまったらしい。

じりじりと日差しが照りつける外に出ると、強い光がれんげの目を刺した。しばらく目を伏せて、視界が回復するのを待つ。

しばらくすると、崩れかけた屋根の上にふりふりと黒いしっぽが見えた。

『そんなとこで何してるの？』

尋ねると、ぴょこんと子狐が顔を出す。

『れんげ様。この人形から、妙な気配がします～』

クロが指し示す先を見ようと建物から離れて背伸びをすると、そこには町家の屋根の上によく見かける鍾馗の像があった。

鍾馗はそもそも、中国の神様である。

その昔唐の時代玄宗皇帝の御代に、鍾馗という人がいた。神童と呼ばれた彼は、仕官しようと官吏の採用試験である科挙を受験。一番の成績で最終試験まで駒を進めるが、皇帝が直接受験者の資質を計る試験において、その容姿の醜さを理由に落第とされてしまう。

絶望した鍾馗は自ら命を絶ってしまった。これを後悔した玄宗は、死した鍾馗に特別に官吏の上着である緑袍を下賜し、懇ろにこれを弔った。

それから数年のち、玄宗は熱病に冒される。人々は手を尽くしたが、玄宗の様態は悪化するばかりだ。

そんな時、玄宗は変わった夢を見た。

夢では小鬼が、玄宗の寵姫である楊貴妃の紫香の袋から、皇帝の玉笛を盗んで駆け回っていた。

そこにおそろしい顔の鬼がやってきて、子鬼をやっつける。玄宗が礼を言おうと鬼に問うと、彼は鍾馗と名乗り、弔いの礼にやってきたと語る。目が覚めると、玄宗の病はすっかり癒えていた。皇帝は彼を落第させたことを大層悔やみ、宮廷絵師に夢に現れた鍾馗を描くよう命じた。その似姿は民間にまで流布し、以来、鍾馗は疫病除けの神として長く信仰されることとなったのだ。

だが、屋根の上の鍾馗は見た目こそ今にも動き出しそうな迫力があるものの、クロの言う妙な気配とやらは全く感じ取れなかった。

近くで見れば何か違うのかもしれないが、屋根に上がるのはなかなかに大変そうだ。その時家の中から村田の声が聞こえた。なにやられんげを呼んでいるらしい。

「はーい」

とりあえず鍾馗の像のことは後で考えるとして、れんげは呼ばれるままに家の中へと戻った。

だが玄関をくぐったその瞬間、なぜか背筋がひやりとした。夏の真っただ中、こまめに水分を取らなければすぐにでも熱中症になりそうな陽気だというのに。

汗で体が冷えたのかと首を傾げつつ、村田がのぼっていたはずの階段に目をやる。村田と共に階段をのぼったのか、家の中に虎太郎の姿はない。

「あ、小薄様」

階段から下りてきた村田が、困った顔をしてこちらに近づいてきた。

「変なんですよ。二階に上がれないんです」

「え、階段が壊れてるんですか？」

確かに、家の状態を考えると壊れていてもおかしくはない。

そう思って問い返したのだが、村田は左右に首を振った。

「違うんです。確かにのぼってるはずなのに、全然二階に辿り着けないんですよ」

これを聞いて、れんげは怪訝な顔になった。なにせあまりに現実味のない話だ。

「そんなに長い階段ってことですか？」

「小薄様ものぼってみてください。そうすればわかりますから」

村田に促されて、れんげは気が進まないながらに暗い階段を見上げた。狭い通路の先には、一応二階が見えている。辿り着けないというほど階段が長いということはなさそうだ。

その時、れんげは奇妙なことに気がついた。

「あれ、虎太郎は一緒じゃなかったんですか？」

てっきり村田と共に二階に上がったのだろうと思っていた虎太郎の姿がない。それとも、彼は村田と違って、階段をのぼることができたのだろうか。

れんげの問いに、村田も首を傾げる。

「え、ご一緒じゃなかったんですか？　私はずっと一人でしたけれど……」

虎太郎が一度引き受けたことを放棄するなんて珍しいと思いつつ、れんげは村田に言われるまま階段をのぼった。

急な階段は一歩進むごとにぎしぎしと軋む音がして、板を踏み抜いて転げ落ちるんじゃないかという不安が常について回る。絶対に踏み外さないよう足元を見ながら、半ば四つん這いのような形で階段をのぼった。

一段、二段……。

十段ほどのぼっただろうか。あとどれくらいだろうと上を見上げると、驚いたことに二階が全く近づいていなかった。

どういうことだと振り向くと、それほど遠くはない場所に村田の顔が見える。

「あの、私今のぼってませんでしたか？」

尋ねると、村田は左右に首を振っていった。

「いいえ、ずっとその場で足踏みをなさっているので、一体どうしたのかと心配していたんですよ」

そう言う村田も顔色が優れない。おそらく自分の時も、同じ状況だったと察しがついたのだろう。

その後かわるがわる何度かチャレンジしたものの、なぜか二階には上れないということで意見が一致した。

その後、村田は仕事があるとのことで、とても残念そうな顔をしながら帰っていった。普通階段を上れないなんて怪現象があれば恐怖しそうなものだが、村田はどこか面白がっているような節がある。

一方で、れんげはいつまで経っても戻ってこない虎太郎を探していた。一階をくまなく探したがどこにも見当たらず、奥の庭にもその姿はない。ちなみに、電話は何度かけても話し中だ。

ここまでくると、さすがにおかしいぞとれんげも気がついた。

なぜなら虎太郎がいなくなった時、れんげはクロと共に玄関先にいたのである。彼が家を出たのなら気づかないはずはないし、家の中に大柄な彼が隠れられるような場所などない。

「クロ、虎太郎がどこに行ったか分からない？」

頼みの綱の子狐も、しっぽをだらりと萎れさせ悲しそうに首を振った。

「分かりませぬ。どこからも虎太郎殿のにおいがしないのです」

そう言うクロの目は涙を湛えていた。クロにとっても、虎太郎は大切な同居人である。それを見つけられないもどかしさを、れんげ同様子狐も感じているはずだった。

一人と一匹が無力感に苛まれていると。

『困っておるようだな』

家の中に、轟くような声が聞こえてきた。

地獄の底から響いてくるような、低い男の声だ。

れんげとクロはあちこちに視線を彷徨(さまよ)わせ、声の主を探した。

どこから幽霊が現れてもおかしくないようなあばら家だが、声の主と思われるような姿はどこにも見当たらない。

『どこを見ておる、こっちだ』

声の主がじれて、一人と一匹をたしなめる。

しかしいつまで経っても、声の主を見つけることはできなかった。

『ここだここだ、門口(かどぐち)だ。お前たちの目は節穴か！』

一喝され、れんげはようやく声の主を見つけることができた。しかし開けっ放しになっていた入口に立っていたのは、三十センチもない小さな鍾馗の像なのだった。

虎太郎の甘味日記　～思い描く未来に編～

退院前のこと。ベッドの上で、虎太郎は考えていた。

自分は思いの伝え方も将来の展望も何もかも中途半端で、けれど好きな人を守れたことぐらいは、きっと誇ってもいい。

腹部に残った傷は、虎太郎の誇りになった。

そしてその傷が痛むたびに、もっとちゃんとしておけばよかったと後悔するきっかけにもなるのだった。

たとえば自分がもしれんげの彼氏だと胸を張って言える存在だったのなら、彼女はもっと自分を頼ってくれたのではないか。

一人で突っ走らずに、困ったらまずは自分に相談してくれていたのではないか。

それとも、頼るには自分は頼りなさすぎるのだろうか。

一人の病室で虎太郎は考えに考え、そしていくつかのことを決めた。

それは、退院したらちゃんと正面かられんげに好きだと告白すること。断られることが怖くて言語化できずにいたことを、はっきり口に出すと決めたこと。

それから、きちんと将来の道を定めること。

職人になりたかったり、もっと和菓子を広めたいとインスタグラマーなる職業について調べたりと、まあ色々してみたが、虎太郎はその悩みに決着をつけた。

きっかけは、れんげが見舞いのついでに買ってきてくれた本だ。レモンイエローの表紙いっぱいに三色団子が描かれた、分厚い和菓子の本だった。

これだと思った。

自分がやりたい仕事は。

なので見舞いに来てくれたバイト先の主人にも、仕事を辞める旨を伝えた。突然で申し訳なかったが、将来が決まったというとよかったと言ってくれた。

祖母が死んで以来、ずっと一人で生きているような気がしたけれど、こうやって入院してみるとそうではなかったことに気づく。

谷崎も、虎太郎の無事を喜び、そして彼の決断を尊重してくれた。

和菓子屋の息子でありながら自らバーをやるという道を選択した谷崎には、ずっと気兼ねして和菓子が好きだと言えなかった。

それを告白すると、知っていたと笑われた。

驚いたのは、同じゼミのやつらが見舞いに来てくれたことだった。

みんな口々に虎太郎への見舞いの言葉を口にし、いつも金がない金がないと言っているのにお金を出し合ってフルーツの盛り合わせを買ってきてくれた。

ああ、自分はこんなにいろんな人たちに支えられていたのに、どうして一人だなどと思ったのだろう。

彼らとは別に一人で見舞いに来てくれたゼミの教授に将来について話すと、残念だと言ってもらえた。

違う道を選んだとはいえ、好きで選んだゼミなので残念だと言ってもらえて嬉しかった。自分の学生生活に意味はあったと思えた。

それから虎太郎は、一般企業に就職するため少し遅い就職活動を始めた。四回生の夏。早ければもう内定をもらっている学生もいる時期である。選んだのは、向かないと思っていた接客業だ。それも、名前の知られた大企業である。

採用は厳しく、さらに夢がかなうまでには何年かかるか分からない。どんな職業でもいえることだが、平坦な道のりでは決してない。

けれど迷っていた頃より、ずっと心は晴れていた。

何を努力すればいいのかが明確になると、こんなにも違うものか。その違いに驚きすらした。

れんげが持ってきてくれたおはぎの竹籠を見ながら、虎太郎は考える。こんなおいしい和菓子を、もっと知りたい。もっと食べたい。そしてその素晴らしさを色々な人に伝えたい。

その目標があれば、きっとこれからのことも頑張れるだろう。

「あかん。ＳＰＩの本も買わんと」

人よりだいぶ出遅れた就職活動だが、今からでも頑張ればどうにかなるだろうか。不安に思いつつも、はっきりと道が定まったことでやりがいも感じていた。れんげが持ってきた本は、『ニッポン全国和菓子の食べある記』という高島屋の和菓子バイヤーが手掛けた本だった。

そこに描かれた日本中の和菓子に心が躍ったし、自分もこんなふうに和菓子の良さをもっと他の人に知ってもらいたいと思った。

きっと和菓子屋でバイトする前だったら、こんな気持ちにはならなかっただろう。あの頃の自分は、自分で和菓子を作るということしか頭になかった。けれどそれが向いていないと気づいた時に、どうしていいか分からず途方に暮れた。

だが一方で、新たな出会いもあった。京都の各所にある和菓子売り場に和菓子を配達することで、それぞれの売り場の特徴や工夫に興味を引かれた。

伊勢丹の新しい和菓子売り場を見て思ったこと。自分もこんなふうにまだ知られていない和菓子を紹介したり、老舗の新しい業態を後押ししたいと思ったこと。

スマホでは、日がな一日本の作者のブログを読んでいたりする。入院期間だけでは読み終えられないような、圧倒的な知識量。

——百貨店の和菓子部門のバイヤー。

それが虎太郎の、新しい夢になった。

三折　鍾馗様と遊女の恋

『お前たちの目は節穴か！』

突如として動き出した鍾馗の像は、れんげとクロを見上げ居丈高に言った。

クロが即座に飛んでいって、くんくんとにおいをかぐ。濡れた鼻を押しつけられた鍾馗は、心なしか嫌そうな顔をしていた。

クロに続いてれんげも駆けつけ、目線を近づけるためにしゃがみ込む。

「あなた、ええと……どちら様？」

『なんだと？　俺を知らんと申すか』

怒ったように、瓦の像がゴトゴトと跳ねる。倒れて割れるんじゃないかと、れんげは妙に不安になった。

『我が名は鍾馗という。といっても、本物ではない。俺はこの像の付喪神だ』

「付喪神？」

『なんだ知らんのか？　これだから最近の若いもんは……。いいか？　付喪神というのは人が使う道具が時を経て妖怪化したものだ』

そう言って、鍾馗はふさふさとした髭を撫でた。

「え、じゃああなた妖怪なの？」

『まあ、そうだ。俺には疫病を追い払う力なぞないわ』

自分で付喪神だと名乗ったにも関わらず、れんげが尋ねると鍾馗は不貞腐れたように言った。

そして、気を取り直したように咳ばらいを一つ。

『だが、お前らの捜している男の居場所ならわかるぞ』

「え⁉」

『どこですか、鍾馗殿！』

子狐が叫ぶ。

れんげは思わず前のめりになり、両手で鍾馗の体を掴んだ。

「どこ？　虎太郎はどこにいるの？」

れんげに持ち上げられてしまった鍾馗は、驚いたようにじたばたともがいた。だが落ちれば割れてしまうと気づいたのか、今度は必死にれんげの指を握りしめる。硬質な手触りは、まるで石に挟まれているような感じがした。

『お、下ろせ！　俺は脆いのだぞっ』

なんの自慢にもならないことを叫ぶ鍾馗を下ろしてやり、れんげは彼が虎太郎の居場所を話すのを待った。

鍾馗は乱れてもいない服を直すそぶりをした後、なぜか悲しそうな顔をして言った。

『お前らが捜している男は、二階にいる』

「二階？　でも二階は上れなくて――」

その時だった。

れんげの頭上から、まるで人がいるような物音が聞こえた。それと、くすくすという女の笑い声。

「そんな……」

最初にこの町家に案内された時にも、そして今日やってきてから今までも、こんなことは一度もなかった。

二階に人が隠れているなんてことがあり得るだろうか？　あの、見えているのにのぼることができない二階に。

まるで二階の住人が、こっちへ来るなと言っているかのようだった。そもそも、この家は何年も空き家で、誰かがいるはずなどないというのに。

そこで、れんげはさらにおかしな点に気がついた。

それは、たった今耳にしたのが笑い声であったことだ。

れんげは鍾馗に向き直ると、自分の考えを確かめるように言った。

「ねえ鍾馗さん。どうしてあの声は笑ってるの？　私は、この家からすすり泣く声が聞こえるって聞いてきたんだけど……」

上れない二階。姿を消した虎太郎。そしてすすり泣きではなく笑う女の声。何もかもが、意味の分からないことだらけだ。

すると鍾馗は、まるで自らの表情を隠すように俯いた。

『あの女は、もう泣かずともよくなったのだ。求めていた男を取り戻したのだから』

その声がやけに切なげで、寂しそうで、れんげはそれが妙に気になった。

「〝求めていた男〟？　それは笹山さんではないの？　だって、この家で亡くなったのは笹山さんの奥さんでしょう？」

れんげはてっきり、泣き声の主は自殺した笹山の妻だと思っていた。

だからこそ、いつまでも嘆き続けるのは可哀相だからとこの話を受けたのだ。

しかしその妻の亡霊が虎太郎を攫うというのは、理解しがたい話だ。虎太郎は彼女の夫の笹山ではないし、間違っても幼くして亡くなった娘にも見えないだろう。

しかしそんなれんげの疑問を、鍾馗は何を言っているのだとばかりに鼻で笑う。

『笹山？　ああ、この家の今の主か。いいや違う。違うぞ。この家にとり憑いているのは憐れな遊女だ。名を夕霧。あの女は、帰らぬ男を待っていたのだ』

次々与えられる新情報に、れんげは困惑しきりだった。

確かに村田から家の造りが遊郭に似ているという話は聞いていたが、それだけである。笹山もそんなことは言っていなかったし、むしろ彼が心配していたのは桂男憑きと呼ばれた家系の方であった。

「待って、じゃあ桂男は？　この家に住む若い女性は桂男にとり殺されるんでしょう？　じゃあその夕霧さんも、桂男に殺されたの？」

どうにか話に整合性を持たせようと尋ねるが、何を言っているんだとばかりに鍾馗が鼻白んだ声を出した。

『桂男？　お前はさっきから何を言ってるんだ。桂男などというものは大陸の妖怪ではないか。違う。桂男は招く妖怪だ。異界へと招いて殺すのだ。そしてやつは、子供など殺さん。この家で女が死ぬのは、夕霧の無念がとりついているせいだ』

笹山家の言い伝えについて、にわかに新たな容疑者が浮上した。

れんげはちらりと、欄間に彫られた月を見た。では笹山の妻があそこで首をくくったのは本当に偶然で、けれど笹山一族の女性が早死にしたのにはその夕霧という女性が少なからず関わっていたということなのか。

「何者なの？　その夕霧って。どうして虎太郎を攫っていったの？」

れんげは早口で言った。

そんな物騒な存在が虎太郎を連れ去ったのであれば、こんなところで悠長に昔の話を聞いている場合ではない。

一刻も早く助け出さねばと、気ばかりが逸る。

『落ち着け。稲荷の加護を持つ女よ。あの男ならば大丈夫だ。この家ではむしろお前の方が危うい』

「どういうこと？」

『夕霧が愛した男は、優しい男であった。だが遊女に優しさなど酷だ。男には妻子の他に、三人の妾(めかけ)があった。落籍(らくせき)などという夢を見られる相手ではなかった。それでも夕霧は男を愛した』

落籍とは、男が借金を肩代わりして遊郭から遊女を買い取ることである。しかし遊女の多くは、落籍を夢見ながら梅毒(ばいどく)などの病で命を落とすことがほとんどだった。

『だから夕霧は、外の女を憎んでいる。夫を持つ女。愛し愛される幸せな女。夕霧の愛した男は去っていった。ゆえに夕霧はここで待ち続けている』

「じゃあまさか、ここで亡くなった女の人たちはみんな夕霧が……？」

『すべてが……夕霧のせいというわけではない。夕霧に人間をとり殺すような力はないのだ。だが心に隙があれば、夕霧の悲しみが現実世界の女に影響を与えることもあったかもしれぬ。事実、この家で自らの命を絶った者も少なからずいる』

「そんな……」

家が古いということは、その分歴史があるということだ。

何世代にもわたって使われ続ける家ならば、少なからず人死にもある。

だがこの家には、遊女の妄執が住み着いている。その妄執が、心の隙間に入り込んで死んでいった女たちが、一体どれほどいたことか。

恐ろしくなり、れんげは思わず身震いした。気づくと、クーラーもないというのに家の中がひどく冷えている。

れんげは唇をかみしめた。

この家で死んでいった人たちは、悲しいかなもう助けることはできない。

だが虎太郎は——虎太郎まで彼女らと同じ運命を辿らせるわけにはいかないのだ。

「そうだとしても、虎太郎は？　夕霧は虎太郎も自殺に追い込む気なの？」

れんげは必死だった。

彼がれんげを庇って刺されたのはついこの間だというのに、またしてもれんげのせいで虎太郎が危険な目に遭っているのだ。

やはり連れてくるべきではなかったと、れんげは深く悔いていた。

『言っただろう。夕霧が求めているのは愛した男だ。今はその虎太郎とやらを身代わりにしている状態。殺しはせぬが、生きてもいられぬ。死者と生者は相容れぬのだ』

鍾馗の回りくどい言い回しに、れんげはいらいらとした。

殺しはしないと言ったって、放っておけるはずがない。だが現状、れんげは二階にのぼることすらできずにいるのだ。

「ねえ、どうすればいいの？　どうすれば虎太郎を助けられるの？　ねえったら！」

焦るれんげに迫られ、鍾馗はごとごとと音を立てて後退した。心なしか、恐ろしいその顔も困っているように見えなくもない。

『焦るな。そのために俺が来た』

「じゃあ、あなたならどうにかできるってこと」

れんげの必死の眼差しに、鍾馗がたじろぐ。

『いやそれはだな……本物の鍾馗ならまだしも、俺はしがない付喪神だ。夕霧を成仏させてやれるような力はない』

悔しそうに、鍾馗は言った。

「じゃあ一体どうすれば……。手掛かりでもなんでもいいから、早く教えて！　じゃないと虎太郎が……っ」

『れんげ様……』

すっかり動転しているれんげを心配するように、クロが擦り寄ってくる。

いつも強気なれんげの珍しく弱い一面を見てしまい、子狐のしっぽもすっかり悲し気に萎れてしまった。

『わ、わかっている！　慌てるな』

ごとごとと音を立てて、興奮した鍾馗が飛び跳ねる。

ついにれんげはその場に座り込み、顔を覆ってしまった。再び虎太郎を巻き込んでしまった自己嫌悪のあまり、もはや言葉も出ない有様である。

あの日、血を流して倒れる虎太郎を見て、れんげもまた傷を負ったのだ。

大切な人を失うかもしれないという、心の傷を。

『い、池田久右衛門を探すのだ』

れんげの様子を見て狼狽えた鍾馗は、思い切ったようにその名を口にした。

「え？」

『池田久右衛門だ。夕霧の想い人よ』

「そんな……死んでるに決まってるじゃない！」

夕霧が、いつの時代の女性かもわからないのである。それなのにその想い人を探してこいなどと、承服できるはずがない。

『なにも本人を連れてこいとは言っておらん！　墓石のひとかけでも、持っていた刀でも、とにかく名残の品をなんでもいいから探すのだ』

「無茶よ！」

もちろんれんげだって、虎太郎を助けるためならば苦労は厭わないつもりである。

だが、こればかりはそのままうんと頷くわけにはいかなかった。

この地にあったかどうか分からない遊郭の、大勢いたであろう客の一人を探せというのだ。いや、客であったかどうかすら分からない。分かっているのは、名前と夕霧の想い人であるということだけ。

その池田という人物を、どう探し出せと言うのか。余程の偉業を成した人物でなければ、記録など残っているはずがない。

子狐が、付喪神と主人の言い合いをはらはらと見守る。

さすがに自分でも無謀だと思うのか、鍾馗が困ったように眉を下げる。それでも怖い顔にしか見えないのだから、さすがに鍾馗といったところだが。

『主家が改易となった侍だ。そう店の者が言っていた。どうにか調べがつかんか？』

「そう言われたって……」

改易という言葉を聞いて、少しだけ、ほんの少しだけ希望の光がさす。

侍と言うことは、その池田何某は江戸時代の人物なのだろう。江戸時代に改易となった大名を調べれば——いや、それでもやはり雲をつかむような話だ。日本全国、どこの大名に仕えていた侍かも分からないのに。

『と、とにかく、池田の子孫でもなんでもいいから探すのだ。でなければ夕霧と喋ることすら叶わんぞ』

「あなたが話しかけてみるのは？　あなただって、昔からこの建物にいた古なじみたいなものでしょう？」

れんげの問いかけに、なぜか鍾馗は傷ついたような顔になった。

『だめなのだ……ずっと問いかけているが、今の夕霧に俺の声は届かん』

その様子はあまりに悲し気で、動転したれんげですら声をかけることを躊躇ってしまうほどだった。

だが名前が分かったところで、今よりも戸籍がはっきりとしなかった江戸時代の、一個人を見つけ出すことなどできるはずがない。

ならばいっそ、この家ごと取り壊して――と思わなくもないが、虎太郎に危害が及んだらと思うと下手な行動に出ることはできない。

『れんげ様ぁ』

れんげを慰めるように、子狐が膝の上に顔を乗せてこちらを覗き込んでくる。

まるで遊んでくれとねだる子犬だ。それを見ただけで、れんげの気持ちはほんの少しだけ浮上した。

「そうね。まだ絶望するには早いか。絶対何か――方法があるはずだもの」

考えてみたら、今日までにも様々な無理難題を乗り越えてきたのである。子狐探しの稲荷山行脚に始まり、鬼女探しから天狗の子育てまで。

改めて考えてみると、体よく何でも屋扱いされているような気がしてならない。それらを乗り越えてきたのだから、きっと今度だって乗り越えられるはずだ。働いていた時だって、取引先に無理難題を言われようと一つずつ懸案をクリアしてきた。

れんげはそうやって自分を奮い立たせると、頭の中で算段をつけ始める。

『おお、やる気になってくれたか』

「やるしかないでしょ。虎太郎の命がかかってるんだから」

まずは近くの寺院の過去帳から調べるのがいいだろう。或いは、図書館か市役所でまずはこの地にあった遊郭のことを調べるのもいいかもしれない。

とにかく、まだ虎太郎に繋がる蜘蛛の糸は切れていないはずだ。どんなにか細くてもそれを辿っていけば、きっと解決策が見つかるはずだ。

れんげは勢いよく立ち上がると、座り込んでいたことでついた汚れを乱暴に払った。それから荷物のところへ行ってスマホを取り出し、時間を確認する。午後六時五十分。完全に夜になるまでには、もう少し時間がある。

とりあえず近くの寺院を調べて電話でアポをとろうと調べ始めたところで、ふと思いついた。

なんでもインターネットで検索すればヒットするこの時代。

――もしや『池田久右衛門』も検索すれば出てくるのではないか?

そんな考えが頭をよぎったのである。

まさかそんな、いくらなんでもあり得ないだろう。そう思いつつも、れんげは鍾馗に教えられたその名前を出来心でサーチエンジンに入力した。

れんげは知らない。そんな彼女の姿を、鍾馗が熱心に見つめ続けていたことなど。彼はなにも親切心から、れんげを助けようと思ったわけではない。偶然やってきた狐を連れた人間を利用することで、得たいものが彼にもあった。

⛩ ⛩ ⛩

「まさか、こんなことになるなんて」

そう呟きながら、れんげはなだらかな坂道をのぼっていた。日差しが容赦なく照りつけ、視線の先を逃げ水が揺らいでいる。

肩に下げたバッグが重いのは、中に鍾馗の像を入れているからだ。別に来なくてもいいと言ったのに、付喪神はついていくと言ってきかなかった。

伏見からバスで稲荷山の下を通る稲荷山トンネルの下を通り抜け、れんげが向かったのは隣の山科(やましな)区にあるとある神社だ。

これから向かうその神社に、夕霧の想い人である池田久右衛門その人が眠っているというのだ。

いや、眠っているという表現は正しくない。なぜならその男の亡骸(なきがら)は、主君と共に東京高輪(たかなわ)に眠っているからである。

ではどうしてれんげがこの山科にやってきたかと言うと、それはここに、池田久右衛門を祀った神社があるからだ。

池田久右衛門とは偽名であり、彼は歴史に疎いれんげですら一度は耳にしたことのある人物だった。

その名を、大石良雄。またの名を大石内蔵助。

そう、歴史に名を残す敵討ちと言われる、赤穂四十七士。その頭領である大石内蔵助こそ、夕霧が今の世も求め続けている相手なのである。

まさかと思って調べてみると、町家のある撞木町と大石内蔵助の接点も見つかった。

彼は討ち入りまでの間、この山科に暮らしていた。そしてこの山科から、橦木町にある遊郭へと通っていたのである。

そもそもの始まりは元禄十四年、西暦一七〇一年に大石内蔵助の主君、浅野内匠頭が朝廷からの使者の前で、作法の指南役である吉良上野介に切りかかったことに端を発する。

勅使饗応役として朝廷からの使者をもてなすという大切な役目を担っていた内匠頭は、幕府と朝廷間の儀式を司る高家衆筆頭の吉良ともてなしの費用について意見が対立していた。そうしてもともと関係が悪化していたところにきて、勅使の接待当日吉良が内匠頭に聞こえるよう彼の悪口を言ったのである。

この時代、武士にとって人前で悪口を言われることは殺されるも同然の屈辱だった。そのため内匠頭は堪忍袋の緒が切れて、あろうことか江戸城松の廊下で上野介に対し切りかかるという凶行に及んだのである。

上野介は頭と背中を切られたものの、内匠頭が取り押さえられたことで逃げ出し、なんとか事なきを得た。

そして知らせを受けた時の将軍綱吉は激怒、すぐさま内匠頭に切腹を申しつけ、赤穂浅野家は断絶となってしまったのである。内匠頭三十五歳の年であった。

当時の慣例であれば、喧嘩両成敗ということで吉良上野介も裁きを受けるべきという考えが主流であった。

しかし綱吉は、斬りかかった内匠頭にだけ厳しい処分を下した。それは赤穂藩にとって到底納得できることではなかった。

そんな中、大石は仇討ちを唱える過激派の藩士をなんとかなだめ、無血で赤穂城の明け渡しを成功させる。

その後は山科の地で敵討ちを企てているとは思われないよう、遊郭に通い大好きな牡丹の花を育てて過ごした。

しかし裏では、幕府に吉良の処分と、内匠頭の弟である浅野大学による浅野家の再興を強く働きかけており、その結果が出るまではと猛る同志たちを押しとどめていたのである。

だが結局、それらの願いが叶うことはなかった。

年の暮れにまず、吉良上野介の隠居と、上野介の孫であり養子である左兵衛(さひょうえ)の相続が認められた。

これにより吉良のおとがめなしが確定し、浅野家の面目は丸つぶれとなった。

この時点で大石は討ち入りやむなしと考えていたが、逸る同志を抑えなんとか内匠頭の弟である大学の処遇が決まるまではと、決行を引き延ばしていた。

だが内心では、討ち入りやむなしと思っていたのだろう。妊娠していた妻の理久(りく)を里帰りさせると、妻や子に類が及ばぬよう、彼は正式な離縁状を送り付けた。

そして翌年七月。大学に広島藩浅野本家預かりの裁定が下される。赤穂浅野家再興の道が完全に断たれた瞬間であった。

この時の大石の落胆は、いかばかりであっただろうか。

それともこれで憂いなく討ち入りができると、決意を新たにしただろうか。

とにもかくにも、松の廊下から約一年と九か月が経過した元禄十五年十二月十四日、旧赤穂藩士四十七人は、吉良邸への討ち入りを決行した。

討ち入りは見事成功。

当主を失った吉良家は、後に相続が認められず断絶となる。大石内蔵助をはじめとする旧赤穂藩士たちは、ここに来て初めて宿願を達成したのである。

だが、目的を達成した者たちは心残りなく死んでいったかもしれないが、遺(のこ)された者はそういかない。

例えば離縁後の内蔵助の世話をしていた可留(かる)という女性は、討ち入り当時腹に内蔵助との子がいた。彼女は子が男であれば死罪になると思い、身重のまま安芸(あき)へと逃れたのである。

他にも討ち入りによって人生が変わった者は多くいただろう。そして夕霧という女性も、その一人だったというわけだ。

民家が建ち並ぶ山沿いののどかな区画に、その神社はあった。

大きな鳥居から続く、溢(あふ)れるような緑の境内。じわじわと蝉(せみ)が鳴き、葉桜が地面に濃い影を作る。

この大石神社は、昭和に入ってから大石内蔵助を祭神として建てられた。

境内には大石桜と呼ばれる桜の巨木と、大石内蔵助の石像。本殿も大きく立派だ。

『れんげ様、あ、あれはなんですか？』

こわごわとクロが聞いてくる。なんのことかと思えば、敷地内に小さな馬がいた。

仔馬かと思ったら、どうやら大人になっても小さい品種であるらしい。

「わ、かわいい」

れんげが何かをかわいいと言うなど、極めて珍しいことだ。なので側にいた子狐はといえば、心中穏やかでない。

『わ、我よりもですか⁉　このずんぐり馬が我よりかわいいと⁉』

取り乱す子狐を、れんげは冷たい一瞥（いちべつ）でいなし先へと進んだ。慌てた様子で、クロがその背中を追う。

『そ、それにしても、本当にここに虎太郎殿を救う手立てがあるのですか？』

子狐の問いはもっともだ。神社は威厳こそ感じらせるものの、今までのように祭神が出てきたりする様子はない。

どうやらクロにも、人非（あら）ざる者の気配は感じられないようである。

「待って。大石神社は確かにここだけど、目的地はもっと上だから」

『もっと上？』

「そう」

返事をしながら、れんげは持参したペットボトルのふたを開けた。八月の京都は、暑さがむせかえるようである。祇園祭の時にも思ったが、あの時より湿度が高く外にいるとそれだけで体力を消耗する。

それなのに、自分はどうしてこんな荷物を持ってきてしまったのだろうか。

重いバッグを見ながら、れんげはげんなりとした気持ちになりため息を吐く。

『お主、今俺が邪魔だと思っただろう？』

思っていたことを鍾馗にほぼ正確に言い当てられ、思わず口の開いているバッグから目を逸らした。

こうしていると、つい先月クロを探すために祇園祭の中を駆けずり回ったことが思い出される。といっても、あの時一緒だった牛頭天王は重さがないので大分ましだったが。それにしても、ついこの間のことなのに、もう遠い昔のような気がする。

かろうじて舗装された細い坂道をのぼっていくと、うっそうと茂っていた木々が忽然と消え、開けた場所に出た。

「これ、テニスコート……？」

驚いたことに、そこにあったのはテニスコートだった。

一面だけとはいえ、きちんと整備され審判台も置かれている。

誰が使うのだろうと不思議に思いながら通り過ぎると、なにやら石碑と苔生した庭園のような場所があり、それを通り過ぎてようやく目的の場所に出た。

あとは最後の石段を、息も絶え絶えにのぼる。

石段の先にあったのは、立派な山門であった。正面には『近畿三十六不動尊第二十四番霊場』と書かれた立派な本殿が続く。

その名も岩屋寺。別名大石寺とも呼ばれる山寺である。

創建は古く、平安の時代にまで遡る。当時は天台宗に属し、比叡山三千坊の内の一つであった。そのため戦国時代になると、織田信長軍の焼き討ちに遭い荒廃する。

その後江戸時代に入り再興し、尼寺となった。

大石は赤穂で改易を済ませた後、ここに山科に永住したと思わせるためわざわざ家を建てて住んだと言われる。だが共に討ち入りをした長男を除いて、家族はどんどんこの地を離れていった。妻の理久は武士の妻として残ろうとしたが、内蔵助が許さなかったという。

四百円の拝観料を支払い、本堂に上がらせてもらった。他に客はいないからと、受付の女性が案内を買って出てくれる。どうやらこのお寺のお身内のようだ。

まず案内されたのは、本堂の奥だ。そこには大量の位牌が並んでいた。長い戒名とは別に、誰のものか分かるよう名前と享年が記されている。

真ん中に大石良雄の名前を見つけ、これらが四十七士の位牌であると知る。享年は十代のものから、五十を越えた者まで幅広い。

「全ての戒名に『刃』、『剣』と入っているのは、討ち入りと切腹したことを表しているんですよ」

れんげは当時のことを想像してみようとしたが、できなかった。そもそも当時とは、時代が違いすぎる。

れんげなら、たとえ会社が国に潰されようとも仕返しなどせず、割り切ってすぐに再就職先を探したことだろう。

だが、当時の武士たちにとって藩は会社などという生易しいものではなかった。地方自治体であり、生きるための共同体であり、有事の際には共に戦う同志だったわけだ。そんなもの想像もつかないし、今のように自由にあちこちに行けるシステムの方が自分には合っていると、れんげなどは思うのである。

ふと、端の位牌の戒名にだけ、『刃』も『剣』も入っていないことに気づく。『遂道退身信士』と書かれたその位牌には、『寺坂吉右衛門（てらさかきつうえもん）』と割書きされていた。その享年は、『八十三才』とある。

「あの、この方だけ随分お年がいってらっしゃるんですね」

ついそう尋ねてしまったのは、八十三歳の老人が討ち入りをするところなどどうにも想像できなかったせいだ。

「ああ、この方は討ち入りの後、大石さんに命じられてこの寺に来はったんですよ。この人らぁは類が及ばないよう家族と縁を切ってましたから、死んだ後は無縁仏になってしまう。せやから一人この寺坂という人を生き延びさせて、全員分のお位牌を作らせたと伝わっております」

興味深いものを見たとは思うものの、ここにも虎太郎を救う手立てはなさそうだ。

一体どうしたらと途方に暮れた気持ちになっていると、次は離れに案内された。

細い渡り廊下で本堂と繋がる小さなお堂に入った瞬間、れんげは息をのんだ。

「これ……」

「こちらは、四十七士の木像になります」

そこにあったのは、四十七体の木でできた座像だった。まずその数に圧倒されるが、より驚きだったのは一体一体それぞれに顔が異なる点だろう。

座っていても、まるで生きているかのような躍動感を感じさせる。かつてこんな人がいたのだろうと納得できる。

角ばった顔の人、丸顔の人、若い人、年老いた人。

きっとそれぞれに、家族がいて、愛した人がいたはずだ。けれど彼らは、命と引き換えにしてでも主君の仇をとろうとした。

旧赤穂藩士の中には、討ち入りを前に父親の反対にあい自決したものや、苦悩の末に遊女と心中した者などもいる。

武士である彼らにとっても、討ち入りは安易な決断ではなかったということだ。悩んだ末に、彼らは忠義の道を選んだ。

「それぞれ違う武器をお持ちなんですよ。こちらの槌を持っている方は、門を開けるお役目がおありやったんやろね」

確かに、手に槌を持っている木像が二体いた。

他にも、刀を差している者や槍を持っている者。各々が得意と思われる武具を手にしている。

れんげは思わず、手を合わせた。

彼らを痛ましく思ったからではない。

今にも動き出しそうな頼もしい木像たちに、どうか虎太郎を救ってほしいと強く願ったのだ。

『ほれ、あの木像でも持っていけば夕霧が話を聞くかもしれん。早くしろ』

その時、バッグの中から聞こえる声にれんげはぎょっとした。

(そんなことできるはずないでしょ!)

バッグの口から顔を出している鍾馗を睨みつける。こんな場所で盗みを焚きつけるなんてと、れんげは呆れを通り越して怒りに似た感情を抱いた。

そのせいか鍾馗は黙ったものの、一方でどんなに願っても今までのような不思議な出来事は起こらなかった。

関係ないと無視されているのか、あるいは彼らの魂はもうここからは消えていて縋る余地もないということか。

れんげはしばらく手を合わせていたが、結局最後まで救いの手が差し伸べられることはなかった。

「あの、そろそろ……」

案内の女性に促され、ゆっくりとお堂を出る。

『れんげ様……』

クロが声をかけるのを思わず躊躇ってしまうほど、れんげは落胆していた。

ここがダメならば他のどこに行けばいいのかと、まるで迷子の子供のように頼りない風情である。

普段のれんげからは考えられないようなその消沈ぶりに、空気を読まない狐もさすがに遠慮したのである。

だが、子狐が口を慎んでいられたのは、ほんのわずかな間のことであった。

『れんげ様！　あれはっ』

「え？　うわっ」

上の空でいたのがよくなかった。

気づけばれんげは、畳のふちに足をとられ床に転がっていた。

「だ、大丈夫ですか⁉」

あまりにも見事な転びっぷりに、案内の女性を唖然とさせたほど。

「だ、大丈夫です……」

心情的にはちっとも大丈夫ではなかったものの、れんげはそう答えるより他なかった。そのまま生まれたての小鹿のようによぼよぼと立ち上がる。

れんげを知る人ならば、別人ではないかと目を疑ったことだろう。なんでもきびきびとこなしてしまう普段の面影など、そこには全くないのだった。

『なんなの、一体……』

れんげは今度こそ声に出してしまわないよう注意しつつ、彼女が転ぶきっかけになった声の主に問いかけた。

一方声の主である子狐は、暗くなっている受付の奥を、じっと見つめている。

どうやら奥はかなり広くなっているらしい。

闇に目が慣れてくると、突然その奥を何か白い塊のようなものが横切った。

「あの、この奥は何があるんですか？」

心配する女性に尋ねると、思わぬ答えが返ってくる。

「ああ、それはお稲荷さんなんですよ。もともと外にあったものが、本堂と離れをつなげる際にこうして中に入ってしまったと聞いています」

話に耳を傾けながらも、れんげの目は吸い寄せられるように白い塊がよぎった場所に向けられていた。

確かによくよく見れば、奥には祠のようなものがある。

そして息をのんだのもつかの間。突然白い塊が闇の中から飛び出してきた。

ヒュンと風を切るような高い音と共に、れんげの横を通り過ぎる。

『待て！』

子狐が、急いでその後を追う。

呆然としていたれんげも、こうしている場合ではないと慌てて子狐の背中を追った。

「あ、ありがとうございました！」

突然雰囲気の変わったれんげに、案内の女性も驚いている。

だがれんげはそれどころではなかった。白い塊が脇を通り過ぎた瞬間、れんげは確かに聞いたのだ。

『ついてこい』

れんげには確かに、そう聞こえた。

ようやく何か手掛かりが得られるかもと、れんげは必死になってクロのあとを追ったのだった。

⛩ ⛩ ⛩

鍾馗が入ったバッグを片手に階段を転がるように駆け下り、やってきたのは先ほど通り過ぎた苔の庭園だった。

さっきは気づかなかったが、苔の中に植えられた石の一つ一つに、和歌のようなものが彫られている。

そしてその奥に、高い石塔が立っていた。隣の石碑には、判子に使われるような篆書体で『大石良雄君隠棲旧址』と書かれている。

もちろんれんげには読むことが難しく、近くにある立て看板を読んでようやく意味を知ったのだが。

そしてそこに、先ほどの白い塊の正体がいた。

クロの二倍ほどもある、大きな白狐である。長いしっぽは一尾であるものの、クロとは比べ物にならない威圧感を感じさせる。

ヒュン

先ほどと同じ、風を切るような音がした。

なるほどこの狐の鳴き声だったのかと、れんげは得心する。

『何者だ！』

クロの威嚇するような声を、白狐は意に介さない。

ただ優雅に、高く飛んではくるりと優雅に一回転してみせる。

そして狐が飛び跳ねるたびに、驚いたことに周囲の景色が変わるのだった。夏であったはずなのに突然雪景色になったり、燃えるような紅葉が舞い落ちたりする。ぴょんぴょんと何度も飛び跳ね、辺りは秋になり冬になり春になった。

何度もそれを繰り返し、そして何度目かの雪景色が現れた瞬間、白狐はまるで雪に溶けるようにその場からかき消えてしまったのだった。

雪の中に取り残され、一人と一匹は呆然とする。

さらに奇妙なのは、雪の中なのに半袖でいても寒いと感じないことだ。

まるで夢を見ているような、そんな不思議な空間にれんげはいた。

『あやつ、一体何がしたかったのでありましょうか……？』

クロが首を傾げている。わけが分からないのはれんげも同じだ。

「何これ、一体どういうこと？」

問うたところで、子狐も返事に困るだけだ。だが、そうではない者もいた。

『気をつけろ。変わったのは季節だけではないぞ』

「え？」

鍾馗の言葉に、注意深く周囲を見回す。そしてすぐに、異変に気づいた。

「見て、あの石段」

後ろには、れんげが先ほど駆けおりてきた石段があった。あの石段を上れば、岩屋寺があるはずである。

だがその石段が、先ほどまでとは絶対的に違ってしまっている。中央で石段を二分していたステンレスの手すりが姿を消し、石段も不規則でなんだかぼろい印象に代わっていた。

まるで――そうまるで、整備される前の古い石段のような。

その時、さくさくと雪を踏んで歩く音が聞こえてきた。動物の足音ではない。何者かは分からないが、人が近づいてきているのは間違いなかった。

れんげは咄嗟に、木の陰に隠れていた。この不可思議な世界では、たとえ相手が人の姿をしていても、味方かは分からない。相手に悪意がないとは言い切れないからだ。

そして木に隠れた瞬間、れんげはまたしても気がついた。

先ほどまですぐそばにあったはずの、石塔と石碑もまた姿を消している、と。雪景色に目を奪われていたせいで気づくのが遅れたが、同じ場所だというにはあまりにも変化が大きい。

そんなふうに驚いている間に、足音の主が姿を現した。

着物姿の男だ。藁（わら）で編んだ笠をかぶっており、顔までは分からなかった。まるで時代劇のように股引（ももひき）に脚絆（きゃはん）を巻いて、一心不乱にこちらに近づいてくる。

れんげは息をつめる。

顔が見えないのになぜか、男からは鬼気迫るものが感じられた。

「源四郎殿！　源四郎殿はいらっしゃいませぬか！」

叫びながら、男は山道を行く。よく見れば舗装されていたはずの小道は獣道に変わり、れんげが通ってきたはずの場所に立派な門のついた屋敷が建っていた。

「源四郎殿！　大石大夫が見事、宿願を果たしてございます！」

堪え切れぬとばかりに、男が笠を取り放り投げる。その顔は涙で濡れていた。

溶けた雪でぬかるむ泥の上に、そのまま膝を折る。さぞ冷たいだろうに、男はそのままさめざめと泣いた。

屋敷の奥から、年配の男が飛び出してくる。こちらも着物姿だ。白髪の混じった髪で髷を結い、よほど慌てていたのか裸足である。

「それはまことか、寺坂の！」

源四郎と呼ばれた男の目にも、涙が浮かんでいる。

れんげはふと、寺坂という名前にひっかかりを覚えた。

そしてすぐに、先ほど耳にしたばかりの名前だと気づく。四十七士の中で、唯一生き残った人物だ。

「こ、ここに」

そう言って、寺坂は震える手で胸元から白い包みを取り出した。

包みを開くと、その中から一つかみほどの黒々とした髪が現れる。

「大夫は山科にこれを届けよと、某に……っ」

その髪が大石の遺髪であると、見ているれんげにもすぐに察することができた。

感動の場面である。

宿願を果たした大石内蔵助の遺髪が、遺族の許に届けられたのだ。

まるでドラマのようなその場面にれんげが見入っていると、不意に近くで声がした。

『今だ！』

クロではない。驚いて声のした方を見れば、そこには先ほどの白狐がいた。

「あなた……！」

名前も知らぬ狐である。

白狐は目を細めると、その尖った鼻先で目の前の愁嘆場を示した。

『あの遺髪を持って行け。さすれば夕霧の怒りも解けよう』

その言葉は思いもよらぬものであった。寺坂が必死の思いで届けた大石の遺髪である。さすがにれんげも気が引けて、戸惑っていると。

『急げ！　大事な者を失ってもいいのか。失ってからでは二度と戻らぬのだぞ』

突如として白狐が牙を剥いた。

れんげは追い立てられるように、木陰から駆け出し二人の男の間に割って入る。れんげが見えていないのか、二人は涙ながらに話を続けていた。

その顔に胸の痛みを覚えつつも、れんげは寺坂の手にある白い包みに手を伸ばした。
そして必死の思いで、白い包みを掴んだ瞬間――……。

「え」

まるで煙のように、二人の男の姿は消えてしまった。

周囲に広がっていた雪景色すら消えて、辺りはただの白い空間となった。その中で、ただれんげだけが、異物のように浮かび上がっている。

『それでいい』

姿を消したように思われた白狐の声が、頭上から聞こえた。しかし上を見ても、狐の姿はない。ただただ、どこまでも果てしなく白い空間が広がるのみである。

「あなたは、誰なの！」

れんげは思わず叫んだ。

突然のことにわけも分からず、彼女は混乱のさなかにあった。

しかし、声の主は疑問には答えず、先をせかすばかりであった。

『急げ。振り返るな』

「でも！」

『案ずることはない。今見せたものはこの山の記憶にすぎぬ。あの髪は塚の下で、これからも眠り続ける。その手の内にあるは、憐れな女の目をくらます程度の力しか持たぬ〝よすが〟よ』

その声にはどこか、自嘲するような響きがあった。

「あなたは一体……」

尋ねると、突然強い風が吹いた。そして再び雪が舞い始める。白い空間の中で、雪の結晶がちらちらと光る。

その眩しさに、れんげは思わず目を細めた。

そして瞬きの後、雪がちらつく中でれんげは確かに見た。

揃いの黒い小袖姿の男たちが、雪の中をしずしずと歩いていく。先頭に立つのは、右二つ巴の入った火事兜をかぶる小男だ。

男たちはこちらへ近づいてくる。

れんげは恐怖を覚えたが、まるで足がその場に縫いつけられたように、動くことができなかった。

そして、男たちの一団が目の前まで来たその時。

目の前に立ちふさがる形のれんげをそれまで誰一人として気にも留めなかったというのに、先頭の男だけが顔を上げてれんげを見たのだ。

その眼光の鋭さに、れんげは息をのんだ。

そして、引き結ばれていた口が薄く開く。

『たのんだ』

確かに、そう聞こえた。

そしてその声は、先ほどの白狐と全く同じものだった。

『お前は！』

バッグの中から鍾馗が叫ぶ。

「あなた……まさか」

だがれんげが問いかけ終わる前に再び突風が吹いて、いよいよれんげは目を開けていられなくなってしまったのだった。

⛩⛩⛩

『れんげ様！　れんげ様ぁ』

泣きそうな子狐の声がする。

ああ、目を覚まさなければ。

重い瞼を、なんとか押し開く。すると視界いっぱいに、黒い毛皮が広がった。つぶらな瞳は涙に濡れ、その舌がべろべろとれんげの顔を舐めている。

「ちょ、やめなさいあんたは」

開口一番、口から出た言葉がそれだった。

けれど子狐はれんげの目覚めを喜び、一層激しく舐めてくる。動物の狐ではないので顔が涎まみれになるということはないのだが、クロの過剰な感情表現になんとなくくすぐったい気持ちだ。

『よかったです。目を覚ましてほんとよかったですー！』

目を覚ました場所は、岩屋寺の敷地内にある苔庭だった。石碑も石塔もそのままだ。れんげは起き上がって体についた葉っぱなどを払うと、導かれるように大石神社へ戻る道を進んだ。

その途中に、楓が覆いかぶさるように奥を隠している禁足地があった。どうして来る時には気づかなかったのだろう。柵の前の石碑には、『大石良雄遺髪之塚』とはっきり書かれているのに。

『急ぎ家に戻るぞ。これなら夕霧も……！』

気が逸っているのか、鍾馗の顔にも必死の色が宿っている。

彼は夕霧に執着しているのだと、鈍いれんげもうっすら気づき始めていた。

そうでなければ割れてしまう危険を無視してまで、れんげについてきたりはしないだろう。もっとも、苦労したのは持ち運びを命じられたれんげの方であるが。

れんげは己の手のひらを見る。そこには確かに、見覚えのある白い包みが握られていた。それをそっと胸に抱く。

あの白狐の正体が果たして大石内蔵助本人だったのか、それは分からない。

けれど虎太郎を救えるかもしれない方法をようやく見つけることができた喜びに、れんげは言葉もなく祈った。

しばらくして歩き出した彼女の顔は、まるで討ち入りに向かう義士のように静かな闘志に満ちていたのだった。

虎太郎の甘味日記　〜鶉餅編〜

目が覚めると、視界いっぱいに女の顔が広がった。

白塗りの、まるで舞妓さんのような化粧だ。髪も複雑に結い上げられ、たくさんのかんざしで飾られている。

女の顔は、逆さまだった。虎太郎はなぜだろうかと考えて、自分が寝かされているのだということに気がついた。

ならばこの張りのある枕は、女の膝だ。

そのことに思い当たり、虎太郎は飛び起きようとした。

「わ！　俺、すいませ……っ」

だが、立ち上がることはできなかった。まるで逃がさないとでもいうように、女に両手でもって顔を掴まれたせいだ。

そして顔に触れたその手は、ぞくりとするほど冷たかった。

にこりと笑う、女の口からお歯黒が覗く。

『久右衛門様。お会いしとうございました』

恐怖のあまり、虎太郎は叫びそうになった。だが相手を刺激してはいけないと思い、必死で悲鳴を飲み込む。

「えっと、人違いじゃないでしょうか？」

『そんな冷たいこと言わんと、もっとその顔をよう見せておくんなんし』

そう言ってペタペタと、虎太郎の顔に触れる。

もはや恐怖を通り越し、彼は現実逃避をはじめた。

頭に当たる胸の感触に、妖怪の類いにもおっぱいがあるのだなとどこか冷静に考えたりしていた。

そもそもどうしてこんなことになったのかというと、れんげに様子を見るよう言われていた村田からの返事が途絶えたことに原因がある。

れんげを心配してしばらくは階段の下で待機していた虎太郎だったが、さすがに二階の村田が心配になり彼女の後を追ったのである。

しかし彼の記憶は、町家の細い階段をなんとか上りきったところで途切れていた。

そして気がついた時には、この自分を久右衛門と呼ぶ奇妙な女に膝枕をされていたというわけだ。

れんげに聞いた話からして、おそらく彼女は人ではないのだろう。

だがしかし、女性のみが災難に見舞われるという町家でどうして自分だけがこんなことになっているのかと、虎太郎は戸惑っていた。

とにかく女を刺激するのは危険だと思い、虎太郎は目の前の女性に話を合わせつつ情報を集めることにした。

「あ、ああ。ええとその、久しぶりですね……？」

しかし、そこは生きた人間相手ですら言葉に詰まる虎太郎である。そう決意したところで、すぐさまそつなく対応できるはずもない。

『もう、つれないお方。里の細君が気になりおすか？』

「さ、ささささ細君ですか⁉」

咄嗟に虎太郎は、想い人であるれんげの姿を思い浮かべてしまった。

昨日あんなことを言われたというのに、細君と言われて思い浮かぶのはれんげなのである。我ながら先走りが過ぎるなと、思わず恥ずかしくなった。

赤面する虎太郎をどう思ったのか、夕霧が背中を屈め顔を近づけてくる。

『ほんま、憎らしわぁ』

そう言いながら、彼女の顔に浮かんでいるのは笑顔だった。

見慣れない化粧に驚いてしまったが、よく見るととても美しい女性だということが分かる。彫りが深く鼻筋が通っていて、紅を入れた目元が色っぽい。

『けど、久右衛門様はもうずぅっと、ここでわっちと暮らすんどすえ』

笑顔でそう言う夕霧の顔には有無を言わせぬ迫力があった。

『江戸になんぞ、行かんといて。この苦界（くがい）にわっちを置いていかんといて』

不意に、女の爪が虎太郎の頬に食い込む。

こうなってくると、もう情報収集どころではない。

女の目から、滂沱（ぼうだ）と涙が零れ落ちる。

顔に落ちてきた雫（しずく）が、まるで氷のように冷たく感じられた。

『久右衛門様、これをどうぞ。あなた様に食べてほしくて、わざわざ深草（ふかくさ）まで人を買いにやったんよ』

そう言って、女は虎太郎の口に何か丸いものを押しつけようとした。よく見るとそれは、大福のようだ。

虎太郎はいよいよまずいと思い、固く口を閉ざした。

死者の国の食べ物を食べることを、日本神話以来『黄泉戸喫（よもつへぐい）』といい、生者の国に帰れなくなると言われている。

そのことを知ってか知らずか、夕霧は執拗にその大福を食べさせようとする。

虎太郎は必死に両手で口を押さえ、小さな大福餅を食べてしまわないようガードした。そんな攻防がしばらく続き、遂にやぶれかぶれになった虎太郎は叫んだ。

「鶉餅(うずらもち)には、まだ早い!」

鶉餅というのは、大福餅の原型となった和菓子である。

京都の大福は道明寺を用いるので、その表面のぶつぶつした様が羽を毟った鶉の鳥肌に似ているということで、鶉餅の名がついた。

その大福餅には、まるで鶉の背中のように一本、やきごてをあてた線が入れられている。

『まだ早いとは、どういう意味じゃ?』

女は不思議そうに、小首をかしげている。

女の勢いが収まったことに、虎太郎は内心で安堵のため息を漏らしていた。

「鶉餅は秋のお菓子ですから」

和菓子は季節と密接にかかわり合っている。

秋になるとその鳴き声が聞こえてくることから、鶉餅は秋の和菓子だ。俳句でも、秋の季語となっている。

彼は季節感を大切にするオタクなのだ。

虎太郎は知らない。今いる撞木町のすぐそばにある深草に、かつて鶉餅を名物とした茶屋があったことを。

夕霧はせっかくそれを取り寄せておいたというのに、季節が違うと言われ、先ほどまでの勢いはどこへやら、呆気に取られている。

穂積虎太郎二十一歳。おそらく史上初めて、和菓子へのこだわりによって幽霊を唖然とさせた男であった。

四折
虎太郎の想いと、れんげの決意

やっとの思いで大石神社から戻ったれんげは、疲労困憊していた。

タクシーがそこらじゅうで列をなしている洛中と違い、洛外に出ると他の地方都市と同じで全然タクシーが捕まらないのだ。

なので来た時と同じようにバスで十条相深町まで行き、そこから京阪本線の鳥羽街道駅に乗り換え墨染まで戻ってきたのだ。

歩く距離はそれほどではないが、岩屋寺での出来事が濃厚だったためひどく疲れてしまったのだった。

町家に帰ると、日はとっぷり暮れていた。

すぐにも虎太郎を助け出したかったが、鍾馗に止められ町家の一階で一晩を越すことになった。

この頃になると夕霧への恐怖などどうでもよくなっていて、れんげは用意してきた寝袋に潜り込みぐっすりと眠った。

『れんげ様、れんげ様！』

神々しい朝日の中、子狐に起こされる。

デジャヴだ。なんだか昨日も、こんな光景を見たなという気がした。

ただ少し違うところがあるとすれば、それは子狐が少しくたびれた様子であるところだろうか。

「なんかあんた、疲れてない？」

思わず尋ねると、子狐は少し恨みがましい目でれんげを見つめた。

『むしろ、どうしてこんな得体のしれない者がいる家で熟睡できるのですか……？　きっとれんげ様の心臓は、白菊（しらぎく）様のしっぽのごとき見事な毛並みで覆われているに違いないのです』

「何それ、失礼ね」

れんげは思わず反論した。

ぐっすり眠り込んだのは疲れていたからだ。それをどうして、心臓が毛皮で覆われているからだという話になるのか。

しかも、いつも無理難題を振ってくる白菊命婦（みょうぶ）に喩（たと）えらえるのは、れんげとしては大いに遺憾であった。

一方でれんげの不機嫌な様子にクロも訝（いぶか）しげな顔である。

『ほ、褒めたのになんで……』

どうやら子狐にとっては、褒めているつもりであったらしい。

いつものことだが、口が達者な割にどこかずれている狐である。

そこでれんげは、のんびり寝ている場合ではなかったことに気づく。

「そういえば虎太郎は⁉」

寝袋に入ったまま慌てて飛び起きたれんげは、生きのいい芋虫のようにその場を跳びはねることになった。

『これ、慌てるでない。急(せ)いては事を仕損じるぞ』

起き抜けにうっとうしい講釈をたれるのは、子狐ではなくバッグの中にいたはずの鍾馗であった。

「じゃあ、どうすればいいの？」

おそるおそる尋ねると、鍾馗の答えは意外なものであった。

『まずは朝餉(あさげ)の準備だ。腹が減っては戦はできぬ』

「朝餉ぇ？」

鍾馗の忠言は拍子抜けであった。彼女にしてみれば、一晩待ったことさえ大きな損失のように感じられた。なのでこれ以上虎太郎を助けに行くのを先延ばしにするのは、空腹よりもよほど辛いことであった。

『いいから、年長者の忠告は聞くものだ。失敗したからやり直しというわけにはいかんのだぞ』

そう言われてしまっては、迂闊に言い返すこともできなくなってしまう。

仕方なくれんげは、近くのコンビニまで朝食を買いに行くことにした。するとそのコンビニのレジに、見覚えのある人間がいた。

「あ、あの町家の……」

相手もどうやら、れんげの顔を覚えていたようだ。

「ええと確か……由佳さんだったかしら？」

残念ながら、れんげは相手の名字を失念していた。こちらを警戒して最初から相手が名乗らなかったのかもしれないが、そんなこと今はどうでもいいことだ。

「由佳里です」

彼女はくたびれたれんげの様子に、哀れむような目でこちらを見た。

それも仕方のないことだ。今日は化粧もしていないし、昨日は帰ってきてそのまま眠ってしまったためお風呂にも入れていない。

なぜかクロのことが見える彼女は、れんげの頭の少し上に小さく手を振った。どうやら子狐が何かしたらしい。

名前を間違えた気まずさをかき消すように、れんげは話を変えることにした。

「あなた、確か来年進学って言ってなかった？　今の時期にアルバイトしてるってことは、よほど優秀なのね」

高校三年生の夏休みは、本来ならば受験勉強真っ最中である。それなのにアルバイトしているということはよほど余裕があるのだろうと、れんげは褒めるつもりでそう言った。

ところが。

由佳里は目に見えて肩を落とすと、年齢に似合わない疲れたような声を出した。

「そう……見えますよね。やっぱり今の時期にバイトしてたらおかしいですよね」

人の機微にさほど聡くないれんげでも、これには何か事情があるなとすぐに察することができた。

だが、察したところで別にその悩みを聞く義理はない。れんげはれんげで、今は囚われた虎太郎のことでいっぱいいっぱいだからだ。

なのでさっさと買い物をして帰ろうと思ったのだが、

「実は――……」

よほど誰かに聞いてほしかったのか、由佳里が話し始めてしまった。

これではさすがに、今は聞いている余裕がないとも言いにくい。そして彼女が語ったのは、辞めたいのだがコンビニの店長に懇願され辞められずにいること、なのでどうしたらいいか悩んでいるとのことだった。

どうでもいいが、どうしてそれを私に言うんだ。れんげの胸中はそんな気持ちでいっぱいになった。

この時、彼女はかなり鬱憤（うっぷん）がたまっている状態であった。ただ新しい住処を探していただけのはずなのに、いつの間にかいわくつきの町家と関わり合いになり、さらには大切な同居人までその被害に遭わせてしまったのだ。

助けに行くのを押しとどめられていることも、れんげのストレスの一因になっていた。なので彼女は今、言葉をオブラートで包むという心遣いに欠けていた。

「あのね、どうしてそれを私に言うの？」

「え？」

「話を聞いてると、あなた自分でどうすべきかもう分かってるじゃない。じゃああなたのするべきことは、ここでうだうだ悩んでいることじゃなくて、今すぐその店長に電話するなりなんなりして、バイトを辞めることなんじゃないの？　大体、店長に頼られてるって言ったって、向こうは時間通りにシフトに入ってくれる人間なら別にあなたじゃなくたって誰だっていいのよ。大体、もし受験に失敗したら、その店長とやらが責任とってくれるの？　それは申し訳なかったって言って浪人してる間の生活費でも出してくれる？　くれないわよね。店長のせいでも、誰のせいでもないわ。あなたの人生なんだから、あなた自身が決断するしかないの。それを先延ばしにするのは、自分の人生に背を向けてるのと一緒だわ」

そう言ってから、どの口が言っているのだろうとれんげは笑いたくなった。

れんげも確かに一度、自分の人生に背を向けた。でも背を向けて新たに見えたこともあるので、別に後悔しているわけではないが。

するとそんな二人の会話に水を差すように、子狐が顔の位置まで降りてきて短い前足でぱちぱちと拍手をした。

『さすがれんげ様！　ご立派です』

本当に感心しているらしい子狐は、ぶんぶんと大きくしっぽを振っている。

するとれんげは途端に気恥ずかしくなり、今言ったことを忘れてほしいと思いつつ由佳里を見た。

まさかここまで言われると思っていなかったのか、目の前の大人しそうな女の子は驚いたように小さく口を開けている。

けれどその手は仕事を忘れていなかったらしく、スキャンの終わった商品が袋に入れられ差し出された。

「そ、それじゃあまたね」

れんげはそれを奪うように受け取ると、逃げるようにしてコンビニを後にしたのだった。

⛩ ⛩ ⛩

「ったく、ひどい目に遭った」

れんげの呟きに、子狐は首を傾げた。

『ひどい目に遭ったのは、どちらかというとあの娘の方ではありませぬか？　朝一で客に難癖つけられたのですから』

「ちょっと、あんたさっきまで感心してなかった？」

『感心はしておりますぞ。ですがあの娘から見れば、余計なお世話なのもまた事実でございましょう』

テレビを見せているせいで、どんどん世間擦れしていく狐であった。

これからは教育テレビだけ見せようと、心に誓ったれんげである。

『これこれ、何を玄関先で言い合っているのだ。さっさと中にはいらんか』

鍾馗の一声で会話は一時中断し、買ってきたお惣菜などで朝食を済ませる。

とはいっても、町家の中はあまり衛生的ではなさそうだったので、坪庭にある縁側でおにぎりを詰め込んだ程度ではあるが。

『食べたらさっさと行くぞ』

鍾馗は随分とやる気だ。

「待って。体がべたつくったら」

不潔なのはさすがにと思い、買い求めたボディシートで手や顔を拭き、ようやく二階への討ち入りの準備が整った。

『それでは行くぞ』

鍾馗の号令を合図に、靴を履いたまま階段を上り始める。昼間ではあるが薄暗いため、スマホのライトで足下を照らしつつの行軍だ。

もちろん、ポケットには大石内蔵助の遺髪を納めた白い包みが入っている。これを託してくれた白狐のためにも、夕霧説得は失敗できない。

遺髪の効果かそれとも鍾馗の御利益なのか、以前来た時とは違いれんげは無事二階にたどり着くことができた。

しかしそこからは、何もかもがれんげの想像を超えていた。

昼だというのに、二階はひどく暗い。れんげは闇に目が慣れるまで、しばらくその場にじっとしていなければならなかった。外が昼だとは思えない暗さである。

さらに不思議だったのは、二階だというのに圧倒的に一階よりも広さがあることだった。鰻の寝床と称される縦長の家屋ではなく、最低でも二部屋は横に広がっている。

「何これ……」

れんげのその呟きに、答えたのは鍾馗だった。

『これは――かつての、夕霧がいた頃の万屋(よろずや)だ』

「よろずや？」

『ああ。ここには昔、万屋という編笠茶屋があった。顔を隠す編み笠を貸す青楼(せいろう)だ。

俺はそこの主人が買い求めた鍾馗だった。この辺りがまだ夷町と呼ばれていた頃だ。その後に、土地を買って酔狂な者がこの町家を建てた。万屋の廃材を使って。つまり俺と夕霧は、その頃からの付き合いというわけだ』

そう言って鍾馗は遠い目をした。付喪神にも、過去への感傷はあるらしい。

確かに、忠臣蔵の元となった出来事が起こったのは、生類憐みの令で知られる綱吉の時代だ。

だがその頃の建物だというには、今いる二階は随分と新しい気がするのだ。

もちろん、れんげに専門知識はないので正確なところは分からないのだが。

だが、何より異様だったのは、すべての部屋の障子に最低二人の人影が映し出されていることであった。立っていたり座っていたりポーズは様々だが、内側の行灯と思われる明かりに照らされて、まるで影絵のように浮かび上がっているのである。

なのに、物音は何一つしない。

静まり返った二階の廊下に、いくつもの影が浮かび上がっている。それはなんとも異様な光景であった。

れんげは階段から続く廊下を、慎重に進んだ。夕霧の記憶の中の建物だからか、一階のように廊下や畳が傷んでいる様子はない。

夕霧を刺激することを恐れ、スマホの明かりは消した。ここからは障子から漏れる行灯の明かりが、唯一の頼りである。

まずは、玄関側の部屋から見分していく。一階のミセノマに当たる部分だ。障子の引手に手をかける。部屋を開くのには、少しの勇気が必要だった。だが、躊躇している時間すられんげには惜しい。

あまり滑りのよくないふすまを、ずるずると開いた。中には、誰もいない。ただ明かりの灯る無人の部屋があるのみだった。

安堵と失望が、同時にれんげに襲いかかってきた。

彼女には、恐れがあった。もしかしたら既に手遅れなのではないか。虎太郎はもう、夕霧にとり殺されてしまっているのではないかという恐れが。

だからたった今感じた安堵も、虎太郎の遺体を見つけてしまわなくてよかったという安堵だった。

ネガティブになっても仕方ないと頭では分かっていたのに、れんげは頭から嫌な考えを振り払うことができなかった。

そんな中、次の部屋に向かおうとしたその瞬間。鍾馗が重さを感じさせない軽やかな跳躍を見せ、突如としてれんげの肩にのしかかってきた。

『な、何をする！』

「いった！」

突然のことにクロもれんげも驚き、碌に反応することもできなかった。ずっしりした重さにれんげは肩が脱臼したのではないかと、慌てて無事な方の腕で己の肩をおさえる。

見た目は人型でも、鍾馗は瓦の一種である。付喪神になったからといって、突然質量が軽くなるわけではないのだと、れんげは身をもって学んだ。

「ちょっ、痛いじゃない！」

れんげの非難にも、鍾馗はどこ吹く風だ。

そしてその足の下から、何やら白い布のようなものが垂れ下がっている。

『見ろ、縊鬼だ』

鍾馗はその布切れの先っぽを掴むと、己の足の下でぺしゃんこになっていたそれを引っ張り出した。

すると驚いたことに、鍾馗の足の下から髪の長い化け物のような顔が現れた。大きさは鍾馗とそう変わらないが、大きな顔とは不釣り合いな体に白い布を纏っているため趣味の悪い人形のように見える。

『ゲゲ、なぜ気づイた！』

縊鬼と呼ばれた化け物はまるで文楽に出てくる鬼のように、カタカタと気味の悪い動き方をする。

そんなものが自分の肩に乗っていたのかと、れんげは背筋に冷たいものを感じた。

『こんな雑魚も見逃すとは、そこの狐も用心が足らん』

鍾馗に言われて、クロは悲し気にしっぽをしな垂れさせた。

『申し訳ありませぬれんげ様。我はれんげ様を守るとお約束しましたのに……っ』

いつもは能天気な狐だが、どうやら今回のことはよほど堪えたようだ。

大石神社で眠るれんげを前に何もできずにいたことも、子狐を気落ちさせた原因の一つには違いない。

「あのね、あんたはまだ子狐なんだから、そうやって無理に何もかもしようとしなくていいわよ。それよりも、また暴走して変なこと考えないようにしてよ。あんたがいなくなると大変なんだから」

クロの根の国行きを阻止するため、強行軍で平泉から東京、京都へと移動し稲荷山に通い詰めた日々は、まだ記憶に新しい。

『はい……』

子狐はまたしょげた様子であるが、同時にれんげはおかしなことに気がついた。

先ほどまであれほど落ち込んで、最悪の結末を想像して戦々恐々としていたというのに、今はちっともそんな気持ちにならないのだ。

もちろん虎太郎を心配だという気持ちや、絶対に助けるのだという意気込みはあるのだが、最悪の事態を想像して恐怖する気持ちはかなり薄れていた。

「ねえ」

れんげは裾を鍾馗に捕らえられじたばたと暴れる縊鬼を見つめた。

「もしかしてこいつ、私に何かしてた？　さっきまでやけに気分が落ち込んでたのに、それがすっかりなくなってるんだけど」

思い当たる相手は先ほど捕まった縊鬼しかいない。そう思い尋ねると、まるでしらばっくれるように妖怪がそっぽを向いた。

そんな縊鬼を、まるでサンタクロースが背負う袋のようにして鍾馗は背中に担ぐ。固い背中に打ち付けられ、縊鬼がぐえっと鳴いた。

『こいつは、首を吊るよう囁くだけの力のない妖怪だ。生命力にあふれた人間には何もできやしない。だが、人の弱った心に付け込んで自殺するよう唆すんだから、悪質ではある。いつの頃からかここの二階に住み着いて悪さをしてたんだが、ようやくしっぽを掴んだぞ』

言葉通りしっぽのようになった縊鬼の先っぽを掴み、鍾馗は胸を張った。

自分では付喪神だと言っていたが、どうやら家を守る鍾馗本来の役割も果たすつもりではいるようである。

そして、鍾馗の話を聞いて怒ったのはれんげよりもむしろクロだった。

縊鬼のせいでれんげが落ち込んでいたと聞いて、子狐は毛を逆立ていきり立った。

そして名誉挽回とばかりに、子狐は大口を開けると、あろうことか縊鬼を顔からばくりと食べてしまったのだ。

『な！』

「ちょっと、変なもの食べてお腹壊したらどうするの！」

縊鬼を背負っていた鍾馗は唖然とし、れんげも注意するが既に遅し。クロは口をもごもご動かすと、無理やりごくりと縊鬼を飲み込んでしまった。

『こ、こんなやつ、我にかかればひとのみですっ』

そう言う割に動揺しているのか、クロのしっぽは不安げに揺れている。

「もう、無茶するんだから……」

心配になり、れんげは思わずそんな子狐を抱きしめた。

こんなに小さいのにれんげを守ろうとするところがいじらしく、それでいてすぐに後先考えない無茶をするので目が離せないのだ。

『れんげ様ぁ』

こんな時ばかり、素直になってれんげの胸に顔を埋めてくる。

いつもこんなに素直ならばいいのになあと思っていると、完全に蚊帳の外になっていた鍾馗がごほんと咳払いをした。

『別に心配せんでも、腹を壊したりなどせん。逆に――ほれ』

そう言って、鍾馗が子狐を指さす。

何が言いたいのだろうと腕の中のクロを見下ろすと、明かりがない廊下で子狐がぼんやり光っていることに気がついた。黒い毛皮が闇の中に溶けてしまいそうなものなのに、今ではその輪郭まではっきりとわかる。

「何、どうしたの？」

れんげは慌てるが、クロ自身に実感はないらしく不思議そうに首を傾げるばかりだ。

だが、変化はそれだけでは終わらなかった。

驚いたことに、子狐の体がれんげの腕の中で一回り大きくなったのだ。毛を逆立てて大きく見せているわけではなく、一瞬にして体積が膨張した。少なくとも、見た目上はもう子狐とは呼ぶことのできない大きさだ。

「ええ？」

一体どういうことだと鍾馗を見ると。

『先ほどの縊鬼を吸収したな』

「どういうこと？」

『言葉のままだ。あれはけちな妖怪だが、起源は大陸に求められるほどに古い。その上この家で幾人も殺して力を付けていた。その妖怪を喰ったんだ。その分力が増したんだろうよ』

鍾馗の言葉に、子狐は嬉しそうにしっぽを振った。

常に強くなりたいと願う狐なのだから、期せずしてその願いが叶ったと喜んでいるのだろう。

だが、鍾馗はそんな子狐に太い釘を刺すように言った。

『力が強くなったということは己も他の妖怪から見つかりやすくなったということだ。今までは見逃していた者たちも、お前を喰らって己が力の一部としようとするかもしれない。そのことを肝に銘じておけ』

ただでさえ顔の恐い鍾馗がそう脅すものだから、喜んでいた狐はすぐにしゅんとしっぽをしな垂れさせた。

れんげとしては、すぐに調子に乗る狐なので釘を刺してもらったのはありがたいという思いだ。

そしてもう一つ、彼女には気になっていることがあった。

「『幾人も殺して』って……」

れんげの脳裏に思い浮かんだのは、笹山の無念そうな顔と彼の身内に起こった不幸な物語であった。

彼の娘が亡くなったのは事故としても、夫人は欄間で首をくくったとそう言っていた。縊鬼が人に首つりを囁く妖怪だというのなら、おそらく夫人はその被害に遭ったのだろう。娘を亡くして気落ちしていた彼女は、縊鬼の囁きに抗うことができなかった……。

れんげはひどくやるせないものを感じた。

縊鬼はクロがぺろりと食べてしまったが、時間が巻き戻ることは決してない。笹山の奥さんは、もう生き返ったりはしないのである。

笹山老人はこれから先も、その喪失感を胸に生きていかねばならない。そのことが無性に、悲しいことのように感じられた。

だが、れんげが物思いに浸っていられた時間は、そう長くなかった。

それは、家の奥から女の高笑いが聞こえてきたからである。れんげが今開けた部屋とははす向かいにある部屋だ。

れんげは気持ちを引き締め直し、声のした部屋へと向かった。

順番を間違えてはならない。笹山の奥さんはもう助けることはできないが、虎太郎は今もれんげの助けを待っているはずなのだから――と。

⛩　⛩　⛩

足音を忍ばせてその声がした部屋の障子に取りつき、中の様子を伺う。中からは確かに人間の気配がした。生きている人間の気配だ。

れんげはごくりと息をのみ、ぴんと張られた障子にぶすりと指を刺した。そして部屋の中を、覗き見る。

先ほどの部屋とは違い、そこにはちゃんと人がいた。

着物姿の女性と虎太郎が、向かい合って座っている。今のところ虎太郎は、何もされた様子はない。五体満足なその姿に、れんげは思わず泣いてしまいそうになった。

『ほんに、変な久右衛門様』

女が楽しげな声で言った。彼女は正座から四つん這いで虎太郎に近づき、その体にしな垂れかかる。

虎太郎は身じろぎもせずまっすぐに背を伸ばしている。暗いので、障子の穴からではその表情を窺い知ることはできなかった。

息をつめて見守っていると、れんげの胸に妙な感情が湧き上がってきた。

それはどうして嫌がらないんだという、虎太郎に対する怒りだった。

そんなことを考えている場合ではないというのに、二人が寄り添っている姿が嫌に腹立たしく思える。

そもそもが、婚約者の浮気がきっかけで京都にやってきたれんげである。あれから半年は経っているとはいえ、未だに不貞に対する嫌悪感は根深い。

そんな中で、自分を好きだと言っていたはずの虎太郎が他の女性に擦り寄られていたのを見ると、なんとも嫌な心地がした。

虎太郎の告白を受け入れず黙って引っ越し先を探していたくせに、なんとも身勝手なことだ。だがその身勝手さを分かった上で、れんげは目の前の光景を嫌だと思った。

そしてその思いが通じたのか、黙っていた虎太郎がようやく口を開く。

「……あの」

部屋に飛び込むのも忘れて、れんげは緊張しながら虎太郎の言葉を待った。

「あの、やめてもらえませんか？」

それは虎太郎らしい柔らかい言葉ではあったが、彼は正座のままずりずりと後ずさりをして、夕霧との間に僅かなりとも距離を置く。

「俺は、その久右衛門って人じゃないです。だから、こういうことはやめてください」

これはそれまで夕霧を刺激しないよう彼女の言葉を否定せずにいた虎太郎が、初めて彼女に反抗した台詞であった。

もちろん、今やって来たばかりのれんげには知る由もないことではあったが。

『奥さんがいてもええ。他に愛する人がおってもええんよ』

そう言って、夕霧が白い手を伸ばす。

虎太郎はその手を掴み、そして言った。

「そんな悲しいこと、言わないでください。俺だって好きな人がいますけど、俺じゃ頼りないって分かってますけど、やっぱり俺だけを見てもらいたいです。あなたの事情は分かりませんが、そんな自分を粗末にするようなことは言わないでください。せめて自分だけは、自分を愛してあげてください」

虎太郎は必死で言い募る。

出会った頃は人見知りで、れんげ相手でもいちいち遠慮していたような虎太郎が。

夕霧は首を傾げる。

「俺が好きな人は……すごく頑張り屋なんです。けど自分でなんでもできるからこそ、人を頼るのが苦手で。俺、一緒に住んでるのに全然頼ってもらえんくて。だから、そんな彼女が遠慮なく頼れる人間になりたいんです」

れんげの位置から夕霧の顔を見ることはできないが、彼女が動揺しているのは手に取るようにわかった。

一方でれんげはといえば、こちらは羞恥で震えていた。

一緒に住んでいるというからには、虎太郎が言っているのは自分のことだと分かったからだ。

だが、束の間流れた呑気な雰囲気は一瞬でかき消える。

『ほんに、残酷なおひと……』

呟くその声は、震えていた。

『夢を見せてもくれへんの？』

夕霧の悲しげな様子に、虎太郎は言葉に詰まっていた。

そしてそれは、れんげも同じだ。こんなことになったとはいえ、遊女という救いのない身分で愛する大石に先立たれ、本当の名すら知ることもなかった夕霧の存在は、あまりにも憐れ過ぎた。それとも、知らなかったからこそ来るはずのない大石をいつまでも待ち続けてしまったのだろうか。

彼女を縛っていた万屋がなくなっても、幕府という政治体制がなくなって売春禁止法が施行された今でも、夕霧はここに囚われたままだ。

だが、だからといって同情して今の状況を許すということにはならない。虎太郎には未来がある。それを過去の人間である夕霧に、奪われるわけにはいかないのだった。

『ああ、それならいっそ……』

夕霧の声の調子が変わり、部屋の中に不穏な空気が満ち始めた。そして部屋の中だけでなく町家そのものがガタガタと揺れ始める。

れんげからは見えないが、夕霧の顔を見ている虎太郎の顔が恐怖で引きつった。

もうこれ以上見てはいられないと思い、れんげは渾身の力を込めて勢いよく障子を開け放つ。

だが――。

『あいや待たれい！』

突然飛び出してきてれんげの出鼻をくじいたのは、歌舞伎役者顔負けの見得を切った鍾馗であった。

『夕霧大夫！　そんなことをしても久右衛門は帰ってこぬぞ。あやつはとっくの昔に死んだのだっ』

残酷にも、鍾馗は夕霧に真実を突きつけた。

だが、突如現れた瓦人形の言葉など、夕霧は取り合いもしない。

『あれ、うるさい蠅がおる』

顔は笑っているが、遊女の目は笑っていない。

見事な友禅の着物がバタバタとはためき、夕霧はお歯黒の塗られた歯を剥き出しにする。その口元からは恐ろしい牙が生え、彼女は見る見る鬼の形相となった。

喩えではない。真実鬼女のようになったのだ。

れんげは、橋姫と対峙した時のことを思い出していた。

橋姫も、悲しい女だった。嫉妬の炎が彼女を鬼へと変えてしまった。

そして今、夕霧にここまでさせる原動力は何なのだろうか。別れもなく去ってしまった大石への恨みなのか、それとも愛しさなのか。

しかし彼女の変化はそれだけでは止まらなかった。皮膚ごと背中の着物が裂け、驚いたことに長い八本の脚が飛び出す。

『うるさい蠅は、喰ってしまおうかねえ』

八本の細い脚は、部屋ごと足で覆ってしまえそうなほど巨大なものだった。その足で支えられた夕霧の体が天井近くまで持ち上げられる。

脚の代わりに、その手足は意思を失ったようにだらりと宙に垂れている。

「ひっ！」

そのあまりの変わりように、れんげの喉は引きつった。

『なんと、待ちすぎて妖怪となり果てたか』

鍾馗の声も、呆然としたような色を帯びていた。

「れんげさん！」

虎太郎が、転びそうになりながらこちらに駆け寄ってくる。

先ほどまで一緒にいた遊女を見上げ、恐れを抱き虎太郎はその名を呼んだ。日本に昔から語り継がれるその妖怪の名前を。

「女郎蜘蛛（じょろうぐも）……っ」

女郎蜘蛛とは本来、女に化ける蜘蛛の妖怪を言う。その伝承は日本各地に残されており、中には裏切りに遭い蜘蛛に代わってしまった女の伝承も存在する。

『れんげ様お気をつけを！』

クロが叫ぶ。しかしその忠告は少し遅かった。

夕霧はれんげに狙いを定め、お歯黒を塗ったその口から白い糸を吐いた。まさしく蜘蛛である。

「な！」

「きゃあ！」

べたつく糸はれんげと虎太郎に巻きつき、あっという間に簀巻き状態にされてしまった。れんげは焦る。これではポケットに入れた遺髪を取り出すことができない。

「クロ！」

すぐさま、クロの名を呼んだ。

子狐は狐火を浮かび上がらせ、部屋に撒かれた全ての糸を焼き尽くそうとする。

れんげは慌てた。

子狐の炎は浄化の炎だ。れんげを傷つけることはない。

だが、ポケットに入れた遺髪は霊的なものである。この炎で浄化してしまわないという保証はなかった。

「燃やしてはダメ！　牙で糸を切って！　ポケットにあれが入ってるから」

子狐は炎を吐くために開いていた口を慌てて閉じると、指示に従いれんげの腰のあたりの糸に噛みついた。

『れんげしゃま。べたべたしましゅ〜』

口の周りを白い糸だらけにして、子狐が嘆く。

「頑張って！　あんただけが頼りなんだから」

そう言うと、クロは奮起したようだ。

がつがつと糸に噛みつき、細い糸を切っていく。

『なんともまあいじましなあ』

いじましいとは意地汚いという意味である。姿を変えた夕霧がせせら笑う。

しかし子狐が糸との格闘をやめることはなかった。彼はようやく表れた細い隙間に鼻から突っ込むと、れんげのポケットに入っていた白い包みを銜えて引っ張り出した。

「やった！」

れんげは思わず歓声をあげる。

しかし彼女自身もまた、白い糸の軛に絡めとられたままだ。

しかもここで、夕霧の糸がクロにまで襲い掛かった。たちまち体を封じられ、その体が床に横倒しになる。

「クロ！」

れんげの叫びは悲鳴に近かった。

もはや絶体絶命かと思われたその時。

鞄の中から、黒い塊が飛び出した。

塊はクロの口から転がり出た白い包みを拾い上げると、ごとごとと鈍い音を立てて鬼のようになった夕霧の顔の下まで歩み寄る。

夕霧は訝しげな様子で、その黒い塊を見下ろしていた。

『大夫。お前の愛した男はここだ』

静かな口調で、鍾馗は言った。

『なに？』

怒りに我を忘れた夕霧も、その言葉を無視することはできなかったようだ。

鍾馗が白い包みを開くと、そこに一房の髪が現れる。

討ち入り後に切り落としたのか、その髪には乾いた血が付着していた。まぎれもなく、寺坂が運んだ大石内蔵助の頭髪だ。

『ああああぁぁ！』

それだけですべてを悟ったのだろう。夕霧は八本ある足をじたばたと暴れさせた。

壁が崩れ町屋が揺れに襲われる。やがて部屋の中は、土煙で何も見えなくなった。

「ごほっ！　鍾馗様！」

れんげは思わず叫んだ。鍾馗は瓦でできている。この振動で割れてしまうのではと心配したのだ。

揺れが収まると、不思議なことにへばりついていた糸がはらりと床に落ちた。虎太郎もクロも無事だ。

れんげたちは固唾をのんで、土煙が落ち着くのを待った。

⛩　⛩　⛩

やがてぼろぼろになった部屋の中に、両手で顔を覆い座り込んだ夕霧の姿が現れる。

心配された鍾馗は、その傍らで痛まし気に夕霧を見上げていた。

人の姿にこそ戻ったものの、夕霧のみずみずしかった肌が精気を吸われたかのようにみるみる皺だらけになっていく。黒々とした髪は瞬く間に白髪となり、その場には美しい打ち掛けを纏ったやせ細った老婆が現れた。そしてその変化の間も、夕霧の手の間から漏れる嗚咽はついぞ絶えることがなかった。

更に変化は、別のところでも起こっていた。異次元に迷い込んでしまったかのようだった町家の二階が、本来の姿を取り戻しつつあったのだ。

そこにあったはずの部屋や家具が消え、今にも崩れ落ちそうなぼろい二階が姿を現したのである。

そして先ほどまで夜だったはずの窓から、橙色の光が差した。夕焼けだ。

夕霧の語源は、夕刻に立ち込める霧である。それは迷い続けた霧の中から、ようやく一人の女性が抜け出た瞬間でもあった。

荒れ果てた畳の上で、夕霧は今も泣き続けている。

けれど彼女は決して、手にした白い包みを離そうとはしなかった。山の記憶かられんげが持ち出した遺髪である。

大変な目に遭わせられたものの、不思議とれんげは夕霧を憎むことができなかった。

そして思う。せめても髪ぐらいは、この悲しい女と共に逝ってやってほしい――と。

何百年も待ち続けた結末が、一人きりだなんて悲しすぎるから。

ガタガタと音を立てて、鍾馗が夕霧に近づく。

思えばこの瓦人形も、夕霧に関してはおかしな点が多かった。そんなことをしても何の得にもならないのに、どうして彼はれんげに協力しようと思ったのか。

『大夫……』

中国の偉人を象った人形は、ひどく悲し気に老婆に歩み寄った。いや、悲しげに見えたのは錯覚かもしれない。ただれんげの顔ほどしかない小さな人形の背中は、他者の言葉を拒絶しているように見えた。

背伸びをして夕霧のしわがれた手に触れ、鍾馗は言った。

『大夫よ。俺はずっと……お前を見ていた。お前は芸に優れた仙女のごとき女だった。だからどうか、絶望の内に消えないでくれ。愛しい男のようすがとともに、どうか安らかに眠ってくれ』

鍾馗の言葉は切実だった。

短い付き合いだが、鍾馗が冗談でこんなことを言うタイプではないことは分かる。

れんげは、鍾馗がここまで自分を導いた理由を悟った。

彼は夕霧を愛していた。彼女の才能と美しさを。

鍾馗はれんげに情報を与えることで、ほとんど悪霊のようになってしまった夕霧に安らぎを与えたかったのだろう。そして憂いなく彼女が逝けるようにと、この二階に共にやってきた。

なんて、優しくて悲しい話だろうか。鍾馗はこの家の屋根にずっといたのに、今日まで夕霧と話したことすらなかったはずだ。

そして最後の最後に、こうして自ら引導を渡しにやってきた。

『おおきに……』

そう言って、老婆は光の中に消えていった。

まるで何もかもが夢だったかのように、跡形もなく。

れんげはそんな鍾馗の背中に、どんな言葉もかけることができなかった。

たかだか三十年ほど生きただけの自分が、一体彼らに何を言えたというのか。

⛩ ⛩ ⛩

「れ、れんげさん!」

それまでほどけた糸の真ん中で呆然としていた虎太郎が、叫ぶ。

「こ、これは一体……」

腰が抜けているのか、なかなか立ち上がれないでいるらしい。

そんな虎太郎に歩み寄り、れんげはその場に腰を下ろすことで視線を合わせた。

分厚い眼鏡の向こうの目は、驚きに満ち溢れている。

れんげはその顔に手を伸ばした。頬に触れると、確かなぬくもりが伝わってくる。

そしてもう一度虎太郎に触れられたことに、ひどく安堵していた。

距離の近さにたじろいでいるのは虎太郎の方だ。

「無事でよかった……」

万感の思いを込めて、れんげは虎太郎に抱き着いた。

「な、れんげさん⁉」

「また私のせいで、虎太郎がひどい目に遭うんじゃないかって思ったら、すごく怖かった……」

その声は震えていた。

戸惑っていた虎太郎は震えるれんげの背中におずおずと手を回す。

れんげはそれを拒絶しなかった。

拒絶など、できるはずがなかった。自分の気持ちに、気づいてしまったから。

自分にとって虎太郎が、どんな存在なのか。

この不器用で和菓子好きな、自分とは正反対の年下の男の子を、特別大事に思っているのだということを。

それが分かっているのに、どうして拒絶などできただろう。

れんげは意地を張ることも忘れて、ひたすらに虎太郎の無事を喜んだのだった。

虎太郎の甘味日記　～寄石恋編～

虎太郎の学生最後の夏休みは散々であった。

不審者に刃物で刺されるし、遊女の幽霊に誘拐されるしで、今まで生きてきた中で最も騒がしく忙しい夏休みであった。

「ほんま散々やったな」

八月の半ば、進路の関係で大学に行ったら、同じゼミの学生たちに同情された。言わずもがな、夏休み中の入院についてである。

「でもその割に、めっちゃご機嫌さんやん」

「え？」

機嫌の良さを指摘され、虎太郎は自分の顔が思わず緩むのを感じた。

「〝え？〟やあらへんわ！　お前さては、病院におったあの美人なねぇちゃんとなんかあったんとちゃうか？　おいこら、白状せぇ！」

「い、いやー」

美人なねぇちゃんとは、もちろんれんげのことである。

ずばり事実をいい当てられ、虎太郎の顔は笑み崩れた。

「なんやとー！　そんなおいしいことあるんなら俺だって刺されたいわ！」

「おい、いくらなんでもそれは言い過ぎやぞ。ところで穂積、何があったかそこんとこもっと詳しく」

「いや、別にまだ付き合ってるわけじゃ……」

まだ、具体的に付き合おうという話になったわけではない。相変わらず一緒の家に暮らしているものの、きっかけがなくて今一歩踏み出せずにいる状態だ。

ただ、例の町家で抱きしめ合って以来、れんげも虎太郎を憎からず思っていることが分かるので、あと一歩のような気はしている。

「なんやと⁉」

「お前、一緒の家に住んでるゆぅてへんかったか？　それでよく我慢できるな……」

事情を知るゼミ生たちに、なんだか妙な感心をされてしまった。

「そーゆぅことなら、ロマンチックな行事にでも誘い出したらえぇ！」

提案したのは、彼女がいないと年中嘆いている学生だ。今もいの一番に虎太郎の話に食いついていた男である。

「送り火はちょっと先やし混むからな。俺様がとっておきのロマンチックイベント教えたるわ！　これで年上女もイチコロや」

「おい、真に受けるなよ穂積。こいつめっちゃ経験豊富みたいにゆうとるけど、童貞やからな」

「今童貞なんは関係ないやろ！」

そんな締まらない舞台裏はあったものの、とにかく虎太郎はゼミ生たちのアドバイスに従ってれんげを誘い出すことにしたのだった。

⛩ ⛩ ⛩

伏見桃山で電車を降り、日が傾いているとはいえまだまだ暑い八月の午後を、てくてくと歩く。騒がしい商店街を抜けてしばらく歩くと、深い緑色の川にたどり着いた。

以前二人で来たバー「伏見夢百衆」からもほど近い場所だ。

坂本龍馬で有名な寺田屋近く。

酒蔵の多い伏見を流れるその川は、かつては日本酒を運ぶために盛んに船が行き来していたが、今ではその舟も観光客を運ぶのみとなっている。

「あっちですよ。れんげさん」

虎太郎が指さしたのは、そんな運河にかかる橋の下だった。

日陰になった橋の下に細長いパイプ机が並び、人が集まっている。どうやら何かの受付をしているようだ。

「一基千円になります」

れんげが何の受付なのか尋ねる前に、虎太郎はさっさと自分の財布から千円札を出して色のついた模造紙と交換してしまった。

机にぶら下げられた白い紙には、『万灯流し受付』と書かれている。

「ここに願い事を書いてください」

少し照れながら、虎太郎はれんげにマジックを渡す。

虎太郎がゼミ生に勧められたこのイベントは、比較的近年になってから始まった『万灯流し』だ。鳥羽伏見の戦いで犠牲になった戦死者を慰霊するため、盆のこの時期に人々の願いを書いた灯籠を川に流すのである。

行事の趣旨を理解しているのかいないのか、子狐が自分も書きたいなどと騒ぎ出す。といっても以前より一回り大きいので、もう子狐とは呼べないのかもしれないが。

願い事を考えているうちに、西の空が橙色に染まり暑さが大分和らいできた。

「涼しくなってきましたね」

「うん。過ごしやすくなってよかった」

それでもまだ、耳をつんざくように激しく蝉が鳴いていた。

ああどうしようもなく夏だ。

そして時折、水面を滑るように涼しい風が吹いてくる。川岸には願いの書かれた灯籠が、規則正しく並べられていった。

『我に書かせてください～』

しつこく言ってくる子狐に、れんげはようやく折れてやることにしたらしい。

「一体何を書くのよ？」

一度いなくなって戻ってきたこの狐に、れんげは以前よりも優しくなった。不機嫌そうにしていることが減って、笑顔でいることが増えた。

その変化が、虎太郎には嬉しい。

結局れんげは、模造紙に『平穏』の二文字を書いて提出した。

京都に来てから結局珍騒動が続いたので、平穏に日々が過ぎてほしいと思う気持ちは、虎太郎にも痛いほどよく分かった。

川岸で万灯流しが始まるのを待ちながら、隣り合って過ごす。

対岸では子供たちが、灯篭が流れてくるのを今か今かと待っていた。

「私、灯籠流しって初めて」

「俺もです」

穏やかな夏の夜。いくら蒸し暑い京都といえど、水際は涼しく心地よい。

言葉が尽きて、お互い無言になった。クロは規則正しく並んだ灯籠に夢中で、二人の会話どころではないようだ。

やがて、万灯流しのスタート地点から祝詞(のりと)が聞こえてきた。

「夕霧への慰めにもなるかな」

れんげの口から、そんな言葉が零れ落ちた。

結局虎太郎を攫ったあの遊女は、れんげの頑張りにより無事成仏したようである。

助けに行ったくせに助けられてどうすると自分で自分に呆れてしまうが、れんげの方はまたも虎太郎を巻き込んでしまったことに恐縮しているらしい。

そう思わせてしまうのは、自分が頼りないからかと少し落ち込む。

だが落ち込んでいる場合ではないと思い直し、虎太郎は用意していたものを斜め掛けのボディバッグから取り出した。

くたびれた白いビニール袋の中には、保冷剤と共に竹を半分に割ったような形のプラ容器が入っていた。容器の中に閉じ込められているのは、黒豆が浮かぶ透明なゼリーと、同じように黒豆が閉じ込められた飴(あめ)色のわらび餅だ。

小さなスプーンと共にそれを渡すと、れんげはくすりと笑った。

「なんですか?」

「ううん。やっぱり虎太郎は虎太郎だと思って」

どうして笑ったのか不思議に思い尋ねると、より不思議な回答が返ってきた。

とりあえず悪い意味ではないようなので、深く追求せず密閉された容器からビニールをぺりりと剥がす。

スプーンで口に入れると、わらび餅のほのかな甘みが広がった。ぬるくなってしまうことも心配したが、冷たい食感が期待通り虎太郎を楽しませてくれる。

「おいしい」

れんげの言葉に、虎太郎は堪えきれずにやけてしまった。

和菓子を誰かと一緒に食べるのは、やはり楽しい。美味しさが何倍にもなる。

ふっくらと炊かれた黒豆が、舌の上でとろけだす。

するとその時、対岸にいた子供たちが歓声を上げた。どうやら万灯流しが始まったようだ。水の上をすべるように、無数の、そして色とりどりの灯籠が流れてくる。

その美しさに、思わず一人と一匹はため息を漏らした。

普段は見慣れた川だが、こうしてみるとひどく幻想的だ。そして灯籠の明かりに、見に来た人たちの嬉しそうな顔が照らし出される。

その顔に、虎太郎は勇気をもらった。

「れんげさん」

「うん？」

「さっきのゼリーの名前、なんだと思います?」

「え、名前?　黒豆ゼリーとか?」

ある意味想定内とも言える返答に、少し緊張しながら答えを言う。

「いしによするこいって言います」

「え?」

「『寄石恋』です。百人一首の歌が元になったお菓子なんです。水底の石のように、私の袖は涙で濡れて乾く暇がないって言う百人一首の歌が題材になってるんですよ」

ゼリーに閉じ込められた黒豆が、水底の石を表している雅なお菓子だ。

「好きな人が家に来てくれなくて泣いちゃうって歌です。れんげさんが出て行ったら、多分俺もそうなります」

「えぇ?」

先ほどより明らかに驚いた様子で、れんげが言った。

どうやら想定もしていなかった言葉らしい。

「れんげさんは責任を感じてるみたいですけど、そんなん感じんでください。れんげさんの困りごとなら、俺喜んで巻き込まれますから。だから、俺に悪いとかそんな理由で、俺を遠ざけんといてください」

そう口にしてから、これは言い過ぎかなと虎太郎は思った。けれどついた勢いはもう止まることができない。

「俺が嫌いだから出て行くって言われた方が、よっぽどあきらめがつきます」

灯籠に照らされたれんげの顔が、闇の中にぼんやりと浮かび上がる。

真面目な顔だ。

少しの間が、永遠にも感じられた。

そして吸い寄せられるように、唇が触れた。れんげが使っているシャンプーの匂い。

何が起こっているのか、虎太郎には理解できなかった。

「お返しだから」

照れくさそうに、れんげが言った。

この光景をずっと覚えていたいと、虎太郎は思ったのだった。

エピローグ

「――それでしたら、小薄様にはぜひ我が社で働いていただきたく！」

デジャヴだ。

京都美人が虎太郎宅のちゃぶ台の前で、握りこぶしで力説していた。村田だ。

虎太郎と付き合うことになったので引っ越しを取りやめたれんげだったが、笹山老人がぜひあの町家を借りてほしがってると村田が説得に来た。

家賃を破格にしてくれるのはありがたいが、あの荒れ具合を知っている人間としては、虎太郎との件がなくとも素直にうんと頷けないものがある。

なので無理だと断ったら、先の発言につながったというわけである。

全くもって理解しがたい展開だ。

「あの、言っている意味がよく……？」

『分からないので、お帰り下さい』とはさすがに言わなかった。れんげも大人なので。

だが言葉を濁したのがいけなかったのか、村田はさらに前のめりになって力説する。

「ええですから、わが社であの町家を改装して、民泊として貸し出すプランがあるんです。小薄様にはよければあちらに常駐していただいて、接客を担当していただけないかなと。もちろん相応の報酬をお支払いしますし、こちらで頼んで住んでいただくのですからお家賃はいただきません。また清掃などは業者に頼む予定ですので、小薄様の負担はそう大きなものではないかと。そうすれば笹山様は小薄様に住んでもらえて嬉しい。小薄様は仕事が見つかって嬉しい。わが社は民泊事業に乗り出すことができて嬉しいと、三方良しw-i-n-w-i-n-w-i-nの関係になれるのではないかと」

以上の長文を一息で言い切った村田は、息切れすることもなくにこやかな顔のままだ。その顔には欠片（かけら）の邪気もない。本当に心底、それが全員のためになると思っているのだろう。

何をどう言い返していいか分からず、れんげは頭を抱えた。

だが一方で、村田の提案に魅力を感じてもいた。相手の言いなりになるのは癪（しゃく）だが、外国人の利用者が多い民泊であれば己のスキルを活かすこともできるだろう。そのような仕事をしたことがないのでもちろん不安はあるが、今はやってみたいという気持ちの方が大きい。

しかし、このままうんと頷くのはどうにも癪だったので、れんげは少し意地悪を言うことにした。

「一応伺いますが、それは御社の方針ということで間違いないでしょうか？」

「というと？」

「先日の件もそうですが、どうもあなたの独断専行が過ぎるようにお見受けするのですが……」

「ああそれは――」

言い慣れているのか、村田はにっこりと笑って言った。

「私の会社ですから、問題ありません」

「は⁉」

れんげの驚きの声に、昼寝中の子狐も飛び起きる。

「待って、だって名刺にそんなこと」

慌ててれんげが取り出したのは、最初に出会った時にもらった名刺だった。そこに書かれている名前の上には、特に肩書のようなものは見当たらない。

「ああ、名刺は一応二種類用意してるんです。色々と便利なんですよ。私のような者が社長だと言うと、足元を見てくる方がいらっしゃるので」

にこにこと話す村田だが、今のは決して笑いながらするような話ではない気がする。

いや、だったらどんな表情ならいいのかと聞かれても困るが。

「はあ……なるほど」

そういうわけでれんげは、呆気に取られてついうっかり頷いてしまった。つまり、彼女の部下として働くことになってしまったのである。

ここで安請け合いしたことをれんげはのちのち後悔することになるのだが、それはまた、別の話ということで。

◎主な参考文献
『事典　和菓子の世界　増補改訂版』中山圭子／岩波書店
『ニッポン全国和菓子の食べある記』畑 主税／誠文堂新光社
『大石内蔵助の生涯』中島康夫／三五館

◎協力
カンバヤシ

※本書は書き下ろしです。

この物語はフィクションです。作中に同一の名称があった場合でも、
実在する人物、団体等とは一切関係ありません。

宝島社
文庫

京都伏見のあやかし甘味帖
石に寄せる恋心
(きょうとふしみのあやかしかんみちょう　いしによせるこいごころ)

2020年11月20日　第1刷発行
2023年10月18日　第2刷発行

著　者　柏てん
発行人　蓮見清一
発行所　株式会社 宝島社
〒102-8388　東京都千代田区一番町25番地
電話：営業 03(3234)4621／編集 03(3239)0599
https://tkj.jp

印刷・製本　株式会社 広済堂ネクスト

ISBN 978-4-299-01100-8